Christoph Güsken

Angsthase, Pfeffernase

Kriminalroman

grafit

Der Autor

Christoph Güsken, geboren 1958 in Mönchengladbach, studierte Theologie und arbeitete als Museumswärter, Aktenabhänger und Buchhändler. Seit 1995 lebt er als freier Autor in Münster.

Er veröffentlichte zahlreiche Kurzgeschichten und Hörspiele. 1996 erschien sein erster Kriminalroman *Bis dann, Schnüffler,* es folgten *Schaumschlägers Ende* (1997), *Mörder haben keine Flügel* (1998) und *Spiel's nicht noch mal, Henk* (1998).

Chemnitzer Str. 31, D-44139 Dortmund
Internet: http://www.grafit.de
E-Mail: Grafit-Verlag@t-online.de

Umschlagzeichnung: Peter Bucker
Druck und Bindearbeiten: Fuldaer Verlagsanstalt
ISBN 3-89425-222-7
1. 2. 3. 4. 5./01 00 99

1

Die Leute halten den perfekten Mord für unmöglich. Er sei nichts als eine Fiktion, behaupten einige. Andere halten ihn für eine Art Heiligen Gral der Kriminalliteratur. Angeblich hat niemand jemals einen zustande gebracht. Alle, die es versuchen, machen angeblich irgendwann doch einen Fehler. Und das war's dann.

Blödsinn, sage ich. Reines Wunschdenken. Lebenserfahrung, die sich auf dem Niveau des Freitagabendkrimis im Zweiten bewegt. Man möchte nicht, dass es einen perfekten Mord gibt, also erklärt man ihn für unmöglich. Dabei gibt es Hunderte von perfekten Morden. Vielleicht sind sie nicht perfekt geplant, aber sie erweisen sich in der Ausführung als perfekt. Unmöglich, sie zu zählen, denn sie geschehen ja gleichsam unsichtbar, hinter dem Rücken der Öffentlichkeit, als Unfall getarnt oder als rätselhaftes, spurloses Verschwinden. Niemand weiß von ihnen. Das ist ja der Witz.

Damit verglichen ist der stümperhafte Mord eher selten. Natürlich kommt er vor, das will ich nicht bestreiten. Auch unter Mördern gibt es schließlich Dummköpfe, die nicht weiter denken als bis zur eigenen Nasenspitze. Sie sind es, die schließlich und endlich im Netz zappeln. Die Leute werfen einen Blick ins Netz und sehen nichts als Stümper, also schließen sie: Alle Mörder sind dumm.

Aber ich bin nicht dumm.

Gut, ich bin auch kein Genie. Eher schlapper Durchschnitt. Aber hier ist der zweite Mythos der Krimiserien: Wenn es einen gibt, der nahe herankommt an das perfekte Verbrechen, dann ist es der Typ des krankhaften Genius. Einer, dessen teuflische Schläue alles und jeden schlägt, bis er eben dann doch – wenige Zentimeter vor der Ziellinie – den unvermeidlichen Fehler macht. Ich würde sagen, das mit dem Genie klappt schon deswegen nicht, weil ein so genialer Täter keinen Schritt ohne Paparazzi machen könnte.

Mein erster perfekter Mord, das war Penny. Aber es wäre völlig falsch zu sagen, dass damit alles angefangen hat. Was sie angeht, so hätte sie eine Menge tun können, dass es nicht dazu gekommen wäre, was nicht unbedingt heißt, dass ich ihr die Schuld an ihrem Tod geben will.

Eigentlich war es gar kein Mord. Es war, ich würde sagen, eine Art Überreaktion. Meine Therapeutin gibt mir darin Recht. Ich wollte sie nicht wirklich töten. Allerdings war mir wichtig, dass sie nicht so einfach davonkam.

Doch damit hat es nicht angefangen.

Man könnte vielleicht sagen, dass die Sache ins Rollen kam, als ich meinen Fernsehkonsum reduzierte. Ich habe mir nicht klargemacht, welche Konsequenzen ein solcher Schritt nach sich ziehen kann. Wenn man den Flimmerkasten einmal aus dem Lebensmittelpunkt verbannt, dann dauert es nicht sehr lange und er kreist bedeutungslos auf einer der äußeren Umlaufbahnen.

Damals verbrachte ich meine freie Zeit fast ausschließlich mit Fernsehen. Bis fünf war ich meistens bei der Arbeit, dann gab's einen kleinen Imbiss und eine Dusche. Und dann Fernsehen. An den Wochenenden konnte ich mir manche Filme zweimal ansehen, weil sie während der Nacht wiederholt wurden.

Am liebsten sehe ich Talkshows nach Art *Sag mir dein Geheimnis* und *Ihre dunkle Seite*. Da geht es um die seelische Unterwäsche der Leute, und nicht nur um die seelische. Die Studiogäste strampeln sich ab und denken sich gemeines und perverses Zeug aus, Hauptsache, sie sind nicht so wie alle anderen. Sie tun ihr Bestes, um skandalös zu sein, geheimnisvoll und unauslotbar. Was dabei herauskommt, sind peinliche Geständnisse, die den Durchschnittsmenschen einen Schauer über den Rücken jagen. Mit hochroten Gesichtern packen Betroffene ihre verrufene Unterwäsche auf den Tisch und es stellt sich heraus, dass die noch gar nicht gebraucht ist. Oft haben sie nicht einmal das Preisschild entfernt. Ich weiß, wie peinlich so etwas ist.

Trotzdem schwärme ich für diese Sendungen. Wahrscheinlich, weil auch ich eine gewisse Dosis Intimität brauche. Schmutzige Gedanken, von Kopfkissen zu Kopfkissen geflüstert. Erlebnisse, die für immer im kleinen Kreis der Familie bleiben oder einer Beziehung zwischen zwei Menschen. Für jemanden wie mich, der immer außerhalb dieser Kreises bleibt, waren diese Sendungen die einzige Möglichkeit, an solche Dinge heranzukommen. Sie sind eine öffentliche Form von Intimität und deshalb sind sie demokratisch.

Natürlich habe ich meine Abende nicht freiwillig auf diese triviale Art verschwendet. Lange Zeit war ich entschlossen, mich nicht geschlagen zu geben. Ich ging ins Kino oder ins Theater. Aß auswärts und drängelte mich in Diskotheken. Aber es endete immer, wie es angefangen hatte. Wenn ich spät in der Nacht endlich eindöste, teilte niemand mein Bett außer Funkzeitung und Fernbedienung.

Dann, eines Abends, hatte ich genug.

Es war ein heißer Sommer und selbst nach Sonnenuntergang war es noch so stickig, dass man es zu Hause vor dem Flimmerkasten einfach nicht aushielt. Niemand hielt das aus. Und so traf man alle auf der Straße: fantastisch aussehende Frauen in kurzen Röcken, tolle Typen in hellen Jacketts und weißen Cabrios. Die Luft enthielt alle Gewürze der Welt, von überall her ertönten Lachen und Musikfetzen. Man sah glitzernde Kostüme, verführerische Menüs, glückliche Menschen und frisierte Hunde.

Mir wurde schlagartig klar, dass es nicht so weitergehen konnte, keinen Moment länger. Ich hatte genug von der Scheinwelt in meinem Wohnzimmer. Wie in Trance trieb ich in der Menge und wusste nicht, wo ich zuerst hinstarren sollte. Natürlich sah ich das alles nicht zum ersten Mal. Ich kannte diese sympathischen Zeitgenossen. In der Fernsehwerbung tranken sie Sekt, feierten Partys oder tauschten ihre Jeans, wenn sie sich zufällig in einer Waschstraße über den Weg liefen. Äußerlich gab es keinen Unterschied zwischen den Leuten im Fernsehen und denen in der Wirklichkeit. Ich kannte sie, aber sie kannten mich nicht. Woher auch? Bis auf meine kümmerlichen Versuche, in den Schlangen vor Kinokassen Kontakte zu knüpfen, hatte ich mein bisheriges Leben in einem Mauseloch verbracht, ohne jede Lebenserfahrung, und mit der Zeit war es so weit mit mir gekommen, dass ich die Speisekarte mit dem Essen verwechselt hatte.

Ich wollte auch Anteil an dieser Wirklichkeit haben, so viel war jedenfalls klar. In mir entstand das Bedürfnis dazuzugehören. Es nistete sich ein, fraß all meine Gelassenheit auf und raubte mir mehr und mehr den Schlaf. Ich konnte an nichts anderes mehr denken.

Ich wusste, was ein ödes Leben ist und was ein spannendes. Ich hatte die unkonventionellen jungen Paare in *Sag mir dein Geheimnis* kennen gelernt, die sich so gerne als tolerant bezeichnen ließen. Sie trieben es am liebsten in der Öffentlichkeit und dann auch nur in Lackfummel. Es gab Leute, die aus ihrem Leben ein Abenteuer machten und die einen Thrill spürten an jedem ersten Tag vom Rest ihres Lebens. Eine Tüte Kartoffelchips und drei Dosen Bier an einem Abend vor der Glotze zu konsumieren, konnte sich damit nicht vergleichen. Zu lange hatte ich mich damit getröstet, dass meine Art zu leben immerhin die sichere war.

Ein schwacher, billiger Trost. Denn mochte mein Alltag auch noch so bieder sein, so konnte ich die Augen nicht davor verschließen, dass ich langfristig gesehen auf ein unappetitliches Ende zusteuerte. Wenn es mich eines Tages erwischte, würde ich einer von denen sein, deren Tod erst Wochen später entdeckt wurde, erst dann, wenn die Telekom den Anschluss abklemmen wollte, weil keine Zahlungen mehr erfolgt waren und niemand auf die Mahnungen reagiert hatte. Hustend und würgend würden die Telekom-Leute aus der Wohnung stürzen, sobald sie das entdeckt hatten, was die Maden von mir übrig gelassen hatten. Oft sah ich diese Leute in meinen Träumen, wie sie mit fahlgrünem Gesicht zum nächsten Waschbecken liefen, um sich zu übergeben. Und dann erwachte ich schweißgebadet.

»Du musst ja gar nicht cool sein«, sagte Henning, mein großer Bruder. »Aber cool wirken, darauf kommt es an. Und damit man dir das abnimmt, kann es nichts schaden, cool zu sein.«

Aber da liegt das Problem: Wie willst du cool wirken, wenn der Angstschweiß auf deinem Gesicht die Leute denken lässt, du würdest jeden Moment zu einer Pfütze zerschmelzen?

Das Leben ist ein Spiel, bei dem du gerne mitspielen würdest, und das Jenseits ist nicht nach dem Tod, sondern schon währenddessen. Du sitzt daneben und wartest. Du begreifst, dass du nicht mitspielen kannst, wenn das Spiel schon läuft. Niemand gibt dir Karten.

Du kannst dich nicht einmal unauffällig unter die Leute mischen. Einen Kinofilm anschauen oder ein Theaterstück. Gemütlich in einem Restaurant speisen. Die Welt besteht aus Pärchen, Familien, Grüppchen, Klicken, Vereinen, Korporationen, Clubs, Gemeinschaften und Betriebsausflügen. Wenn du allein aufkreuzt, dann halten sie dich für einen Perversen. Sie beäugen dich misstrauisch, denn sie sind sich sicher, dass irgendwas mit dir nicht stimmt. Vielleicht hast du eine ansteckende Krankheit, vielleicht einen übel riechenden Atem. Oder Schweißgeruch. Irgendeinen Grund muss es geben, dass alle einen Bogen um dich machen. Und deshalb machen alle einen Bogen um dich.

Frau Schweikert-Jüngling bestreitet das, sie behauptet, ich leide unter Verfolgungswahn und eingeschränkter Wahrnehmung. Aber sie ist verwitwet und hat aus einer früheren Ehe eine erwachsene Tochter. Sie hat keine Ahnung, was es heißt, nicht dazuzugehören. Sie hat kein

Sinnesorgan, um die Blicke wahrzunehmen, die dich abtasten, wenn du ständig ohne jede Begleitung aufkreuzt.

Nowottni, der Kommissar, sagt: »Die Mattscheibe gaukelt dir eine heile und wahnsinnig interessante Welt vor. Eine falsche, geschminkte Welt. Sie lässt dich nicht im Zweifel darüber, dass sie dir etwas vormacht. Und genau deshalb ist sie ehrlich.«

Man sollte immer fernsehen. Niemals hinausgehen. Hätte ich mich daran gehalten, dann wäre alles anders gekommen. Eine Menge Unglück wäre verhindert worden.

2

Vielleicht hat alles in der Schule angefangen. Genauer gesagt, beim Sportunterricht.

Ein Fußballspiel stand an, Mannschaft A gegen Mannschaft B. Wir hatten einen Sportlehrer, der im Unterschied zu vielen Exemplaren seiner Gattung damals demokratisch gesinnt war und sich für die Prinzipien des Teamgeists und der Fairness stark machte. Er hielt nichts vom militärisch zackigen Abzählen: »A!« – »B!« – »A!« – »B!« Sportler sind keine Soldaten, sagte er. Also wurden die beiden Fußball-Stars der Klasse dazu bestimmt, sich jeweils eine Mannschaft zu wählen. Wer zuerst wählen durfte, wurde ausgelost. Und dann ging es immer abwechselnd. Bis zum letzten Mann.

Und der war ich. Ich war immer der Letzte, der zur Wahl stand. Natürlich konnte dann von Wahl keine Rede mehr sein. Einer von den beiden musste mich nehmen.

Schon damals fragte ich mich, wieso das so war. Zugegeben, ich spielte nicht Fußball wie ein Profi, viele waren bei weitem besser als ich, aber ich war auch nicht schlecht. Jedenfalls nicht so bodenlos schlecht, dass man mich regelmäßig übersehen musste. Ohne Ansehen meines Könnens war ich als Flasche abgestempelt. Und wenn ausgewählt wurde, gingen die wirklichen Flaschen der Klasse locker vor mir weg.

Ich fand das ungerecht. Doch das half mir nicht weiter.

Lange Zeit habe ich mir gesagt, dass es an meinem Aussehen liegt. Ich bin kein ansehnlicher Mensch. Nicht, dass ich hässlich wäre, aber es reicht, dass ein Blick, der über mich hinwegschweift, nicht innehält und mich – sei es auch nur für den Bruchteil eines Moments – mustert, sondern ohne jedes Zögern weiterschweift. Außerdem halte ich mich nicht richtig aufrecht und der Kopf klemmt zwischen den Schultern. Die Schultern hängen nach vorne. Der Bauch ebenfalls. Mein Englischlehrer hat mir damals geraten, ich sollte mir ein Schild um den Hals hängen: *back in five minutes*. So wenig sei ich als Person präsent. Die Präsenz fehlt mir noch heute. Das Volumen. Wenn ich wenigstens ein anständiger Fettkloß wäre, dann käme ich besser an. Dann könnte ich mir ein Goldkettchen um den Hals hängen und die drei oberen Hemdknöpfe offen lassen. Aber ich habe nicht einmal Übergewicht.

Amanda, meine Therapeutin, behauptet, dass ich übertreibe. Bei Leuten wie mir, sagt sie, klaffen Selbstwahrnehmung und Außenwahrnehmung oft weit auseinander. Du kannst im Grunde ein ganz passabler Kerl sein, heißt das, aber wenn du in den Spiegel guckst, dann siehst du eben die armselige Jammergestalt, von der dir ständig übel wird.

»Ein gewisses Maß an Unzufriedenheit mit sich selbst ist ganz gesund«, meint sie. Das hält sie allerdings nicht davon ab, mir gleichzeitig auseinander zu legen, dass die Art meiner Körperhaltung Ausdruck der gesamten Lebenseinstellung ist: Angst vor der Welt und ihren Gefahren, ständiger Rückzug. Ständige Bereitschaft zur Kapitulation.

Natürlich wurde ich mit der Zeit zur Flasche, was Fußballspielen anging. Wie sollte ich auch lernen, vernünftig zu kicken, wenn man mir nie einen Pass rübergab?

Ich habe mir das Phänomen damals astronomisch erklärt. Astronomisch-soziologisch. Hauptsächlich deshalb, weil wir mittwochs nach der Physikstunde noch Sozialkunde hatten.

Den äußersten Planeten unseres Sonnensystems, Pluto, hat man lange Zeit überhaupt nicht wahrgenommen. Man konnte ihn nicht sehen. Man könnte jetzt behaupten, das liege daran, dass er nicht sehenswert sei. Ein bloßer Steinklumpen ist er, kalt und leblos. Ich fragte mich: Ist er ein toter Klumpen, weil er so weit weg ist? Oder ist er so weit weg, weil er ein toter Klumpen ist?

Eine Stunde weiter, in Sozialkunde, erstellten wir ein Beziehungsraster. Jeder musste seine Klassengenossen um sich herum auf Umlaufbahnen platzieren. So konnte man sich ein Bild von den Beziehungsstrukturen innerhalb der Klasse machen. Psychologen hatten das Spiel gerade erst erfunden, deshalb war es besonders beliebt. Die eigentliche Raffinesse lag darin, dass man sich arglos daran beteiligte und erst mittendrin merkte, dass es Gewinner und Verlierer geben würde. Ich ging als Pluto aus dem Spiel hervor. Immer der äußerste Planet des jeweiligen Sonnensystems. Es ist eine Art Merkmal, das ich von Geburt an mit mir herumschleppe und das sich leider nicht nur im Sport auswirkte.

Bei den Fußballspielen blieb es ja nicht. Es gab auch Basketball, Volleyball, Wasserball. Immer wurden Mannschaften gebildet.

Das Leben bestand darin, dass sich laufend neue Gruppierungen bildeten. Freundeskreise, Arbeitsgemeinschaften, Cliquen, Teams. Sie bildeten sich vor meinen Augen und machten mich immer zum Überbleibsel.

»Angsthase! Pfeffernase!«, riefen mir die anderen hinterher, zu denen auch mein Bruder gehörte.

Ich hasste den Fußball. Den Sport überhaupt. Ich hasste Gruppen jeder Art.

Und trotzdem war ich auf sie angewiesen.

Es kam die Zeit, da die Leute, die mich nie in ihrer Mannschaft haben wollten, mit Freundinnen ausgingen und ihre Zeit auf schummrigen Feten ausschließlich damit verbrachten, in den Ecken mit ihnen zu knutschen.

Ich war auch hin und wieder auf diesen Feten, aber meine Hauptbeschäftigung bestand darin, mit einem Glas in der Hand dazustehen und die Grüppchen und Cliquen um mich herum zu beobachten.

Mit der Zeit wurde es zur Manie. Ich wünschte mir nichts sehnlicher, als einfach auf selbstverständliche Weise in einer dieser Grüppchen zu stehen, ohne in die zweite Reihe verwiesen zu werden. Und je mehr mir das zur Obsession wurde, desto schneller fand ich mich in der zweiten Reihe wieder.

Frau Schweikert-Jüngling glaubt nicht an meinen astro-soziologischen Ansatz. Sie sucht lieber nach Wurzeln, die in der Familie liegen. Ich finde, da ist sie komplett auf dem Holzweg. Ich habe auch versucht, ihr das begreiflich zu machen, aber das ist zwecklos. Wenn ich versuche, sie von einem Weg abzubringen, dann ist das für sie ein Zeichen dafür, dass es der richtige ist. Therapeutische Logik.

Was will sie hören? Dass ich als Kind nicht geliebt wurde? Schon möglich. Aber nicht sehr wahrscheinlich. Wer als Kind nicht geliebt wurde, wird später in der Regel politischer Terrorist. Ich habe einmal einen Spielfilm darüber gesehen, der nach einer wahren Begebenheit entstanden ist.

Mein Stiefvater hat nie etwas von mir gehalten, doch das musste er auch nicht. Er fand, dass meine Mutter toll aussah, und er konnte sie nur haben, wenn er mich dazunahm. Von Beruf war er beim Fernsehen. Da machte er eine Sendung für Kinder, in der er sich mit einem Hasen unterhielt, der eine Stoffpuppe war und sich als mutig bezeichnete. Immer wenn eine Folge davon kam, mussten wir sie uns anschauen. Wenn er mal zu Hause war, versuchte er unseren Ehrgeiz für später anzufachen. Wir sollten das, was er machte, nicht nur anschauen, sondern uns ein Beispiel nehmen, meinte er. Ich wollte einen Scherz machen und sagte, dass ich später der Hase sein wollte. Er fand das nicht komisch.

Ich war von ihm übrigens auch nie angetan. Ich wollte wie mein Vater werden, den ich allerdings kaum kannte. Meine Mutter war zu dem Schluss gekommen, dass er ein Langweiler sei, und hatte ihn verlassen. Er war reformierter Pfarrer. Ich wollte auch Pfarrer werden. Ich wollte an der Kanzel stehen und predigen über die wunderbare Brotvermehrung und den barmherzigen Samariter.

Den Samariter kannte ich aus den Gutenachtgeschichten meines Vaters. Ein Mann auf einem Esel, der von weit her kommt, den Verletzten zur Hilfe eilt und dann wieder verschwindet. In meinen Träumen wurde er zum Supermann. Er machte Karriere, tauschte seinen Esel gegen ein schwarz glänzendes Pferd, seinen Kamelhaarmantel gegen einen feuerroten Umhang. Natürlich war er bis an die Zähne bewaffnet, nur für den Fall, dass irgendein stinkender Pharisäer oder Schriftgelehrter es wagen sollte, ihm zu nahe zu kommen.

Meine Mutter mochte nicht, dass ich mich mit diesem heiligen Kram beschäftigte. Sie konnte richtig wütend werden, wenn ich davon anfing. Ich glaube, das hat wesentlich dazu beigetragen, dass das Samariter-Zeug bei mir zur regelrechten Sucht wurde. Manchmal stahl ich mich in Kirchen und stiebitzte Heftchen vom Schriftenstand. Die las ich dann zu Hause unter der Bettdecke.

Mit den Jahren bekam der Samariter Gesellschaft. Maria Magdalena trat ihm zur Seite, sie hatte wehendes schwarzes Haar und große, wogende Brüste. Magdalena und der namenlose Samariter eilten immer noch den Armen und Bedrängten zur Hilfe, aber ich bekam es nicht in allen Einzelheiten mit, weil ich mir zwischen den Zeilen einen runterholte.

Henning, der mich einmal dabei überraschte, behauptete später, er habe den biologischen Aspekt jenes Vorgangs beobachtet, der geistlich gesehen im Absondern salbungsvoller Gedanken bestehe. Womit er ausnahmsweise Recht haben könnte. Er spielte damit auf meine Tätigkeit als stiller Verfasser von Besinnungs- und Betrachtungsliteratur für verschiedene kirchliche Zeitschriften an. Damit habe ich mich eine Zeit lang befasst, bis man mir zu verstehen gab, dass ich mir den Pfarrer-Beruf aus dem Kopf schlagen sollte. Man sagte mir, ich sei zu verschlossen und außerdem unfähig, auf ›andere zuzugehen‹.

Anders mein Stiefbruder Henning. Er ist fast zehn Jahre älter als ich, fast zweimal so schwer und hat ungefähr zwanzigmal so viel auf der hohen Kante. Ihm ist alles zugeflogen. Auch jetzt noch. Er bezeichnet sich gerne als Workaholic, aber ich würde sagen, die meiste Zeit verbringt er mit Squash und Telefonieren. Ständig ist bei ihm besetzt. Eigentlich ist er nicht Workaholic, sondern Alcoholic. Das hat ihn aber nicht daran gehindet, Karriere in der Werbebranche zu machen. Henning fährt einen tollen Wagen, hat eine perfekte Frau und eine fantastische Geliebte. Außerdem einen Sommersitz auf Gomera. Alles, was man sich wünschen kann.

Aus mir ist nichts Rechtes geworden. Für meine Eltern war das nicht gerade eine Überraschung. Als ich ihnen die Nachricht vom Scheitern meiner geistlichen Laufbahn überbrachte, schien sie das geradezu aufzuheitern. Sie fühlten sich bestätigt und sahen aus wie Sportbegeisterte beim Pferderennen, die sich freuten, auf das richtige Pferd gesetzt zu haben. Auf Henning.

Damals habe ich den Kontakt zu meinen Eltern abgebrochen. Es sollte eine brachiale Maßnahme sein, sie auf mich hinzuweisen und ihnen zu zeigen, was wäre, wenn ich ganz aus ihrem Leben verschwände. Ich kaufte mir einen Fernseher und gewöhnte mir an, mich mit mir selbst zu unterhalten. Aber ich wartete vergeblich darauf, dass sie mich anflehten, meinen Entschluss zurückzunehmen. Manchmal glaube ich, mein Ausbleiben ist ihnen bis heute noch gar nicht aufgefallen.

So löste ich mich von zu Hause, nicht ohne mir meinen Bruder zum Vorbild gewählt zu haben. Nicht, weil er sich damals die Ratschläge seines Vaters zu Herzen genommen hatte, ohne sich über den Hasen lustig zu machen. Während ich für ihn immer der kleine Angsthase blieb, sog Henning alles, was es an Frische, Jugendlichkeit und Attraktivität in der Familie gab, auf wie ein Schwamm. Für mich blieb nichts mehr übrig. Also wollte ich von Henning lernen, mich von einer Flasche zu einem Schwamm zu wandeln.

Er jedoch wollte nicht teilen. Wie es scheint, ist es für ihn wichtig, einen kleinen Bruder zu haben, der ihm nicht das Wasser reichen kann. Und den Schnaps schon gar nicht. Er macht sich gerne über mich lustig.

Aber ich brauchte ihn, wenn ich mein Leben ändern wollte. Schließlich kannte er die Leute, zu deren Kreisen ich mich zählen wollte.

»Ich wüsste nicht, wie ich dir behilflich sein könnte, Prediger«, sagte er gelangweilt, als ich endlich eine Audienz bei ihm bekommen hatte. Er liebt es, mich Prediger zu nennen, weil er denkt, ich würde mich darüber ärgern.

»Du hast Zugang zu den besseren Kreisen«, schmeichelte ich ihm.

Henning grinste zufrieden. »Das schon. Aber sie stehen nicht gerade auf frommes Gedankengut.«

»Das brauchen Sie auch nicht. Ich möchte einfach mit netten, erfolgreichen Menschen zusammenarbeiten.«

Er brauchte eine Weile, bis er zu Ende gelacht hatte. Henning hat einen gewaltigen Körper und wenn der einmal vor Lachen wackelt, dann kann er nicht so einfach wieder damit aufhören. Es ist wie bei einem Supertanker, der Hunderte von Kilometern braucht, um den Kurs zu ändern.

»Wenn's weiter nichts ist. Und wie hast du dir das vorgestellt?«

Ich zuckte mit den Schultern. »Du rufst jemanden an und verschaffst mir einen Job.«

»Wer bin ich denn?«

»Du bist Henning Schumm, der Filmemacher. *Der* Henning Schumm. In der Branche hast du längst einen Namen. Und in ein paar Jahren werden dich alle kennen. Draußen werden massenweise Groupies warten und sich die BHs herunterreißen, wenn du vorbeigehst.«

»Na schön«, sagte er. »Ich werde einmal sehen, was ich tun kann.«

3

Heninng hielt Wort. Ein paar Tage später schon meldete sich einer von den Werbefritzen. Brodski von der Firma *Brodski & Partner*.

»Wann hätten Sie Zeit für ein Gespräch?«, wollte er am Telefon wissen.

»Jederzeit«, sagte ich. »Von mir aus Tag und Nacht.«

»Wir melden uns«, versicherte er mir.

So viel zur ersten Chance. Henning klärte mich darüber auf, dass: *Wir melden uns* so etwas bedeutet wie: *Tut uns Leid. Wir wünschen Ihnen alles Gute*. Und das wiederum heißt: *Verpiss dich, du Null*.

»Willst du wissen, wie mein erstes Vorstellungsgespräch verlief?«

Ich wollte es nicht unbedingt wissen.

»Wir hatten eine nette Unterhaltung. Und am Ende sagte der Personalheini zuckersüß: Wir werden uns dann telefonisch bei Ihnen melden. – Vergessen Sie das, habe ich gesagt. Mich erreichen Sie nie.«

»Selber schuld.«

»Er wollte wissen, ob er nicht auf den Anrufbeantworter sprechen könne. Das schon, sagte ich. Aber ich habe leider keine Zeit, ihn abzuhören. Am nächsten Tag hat der Mann mich beim Joggen abgepasst, um mir den Job anzubieten. So geht das. Die Leute denken: Ist einer erreichbar, dann hat er vielleicht nichts zu tun.«

Ich bekam meine zweite Chance. Eine Filmfirma meldete sich.

»Tut mir Leid«, sagte ich. »Aber für die nächsten Monate bin ich restlos ausgebucht. Lassen Sie sich auf die Liste setzen.«

Der Mann legte wortlos auf.

Dazuzugehören war nicht einfach. Mir fehlten etliche Jahre, die ich in meiner sicheren Behausung damit verbracht hatte, geistliche Betrachtungen zu verfassen. Meine aktive Teilnahme an der Welt und ihrem Geschehen hatte sich in der Handhabung meiner Fernbedienung erschöpft. Ich hatte eine Menge aufzuholen und kam mir vor wie ein Analphabet, der die einfachsten Grundregeln der Sprache erlernen musste, und das, ohne dass irgendjemand mir mein Defizit anmerkte. Wenn ich mich zu einer attraktiven Person wandeln wollte, musste ich mich verabschieden von meinen verstaubten Leitbildern wie dem Samariter; nicht nur von meinem privaten *Super*-Samariter, auch von dem echten. Denn ich konnte von ihm nicht lernen, cool oder erfolgreich zu wirken. Mir wurde klar, wie fatal es war, dass mein Vater und der Religionslehrer uns das Gleichnis niemals zu Ende erzählt hatten. Ein Priester und ein Gelehrter, die einen verletzten Mann links liegen lassen. Nur ein Samariter, der ihm zur Hilfe eilt. An dieser Stelle hatten sie abgebrochen.

Aber was wurde aus diesen Leuten? Vielleicht hätten sie erwähnen sollen, dass der Samariter gefeuert wurde, weil er zu spät zur Arbeit kam. Man kann davon ausgehen, dass das nicht das erste Mal war, schließlich war er ja nicht nur ab und zu ein guter Mensch. Er war ständig erreichbar, hatte nicht einmal einen Anrufbeantworter, also wollte ihn niemand mehr haben. Die anderen beiden, der heilige Mann und der Intellektuelle, machten Karriere. Sie hatten sich nicht ablenken lassen von ihrem Weg und deshalb waren sie weitergekommen. Der eine wurde Bischof, der andere Professor. Sie konnten es sich leisten, über Leichen zu gehen, und sie machten es wieder, denn es hatte sich gelohnt. Und über Verletzte schon lange. Was übrigens den anging, so kurierte er seine Verletzungen aus und wurde, kaum dass er drei Schritte aus der Klinik gemacht hatte, von einem Bus überfahren.

Die Agentur *Visions & Moments* sollte vorerst mein letzter Versuch sein. Sie residierte in der Beletage einer schönen Wohngegend, wo man sonst nur Zahnarztpraxen oder Bräunungsstudios vermutete. Es gab auch einen Anmeldungstresen, hinter dem mich eine Blondine mit einer gewaltigen Dauerwelle erwartete. Das heißt, sie erwartete mich nicht, sie nahm mich nicht einmal wahr, auch dann nicht, als ich direkt vor ihr stand. Sie war in ein Comic-Heft vertieft und hatte ihre Ohren mit einem Walkman von der Umwelt abgeschirmt. Um sie herum schwirrte unentwegt ein Geriesel von abgedämpften Obertönen, die sich anhörten wie elektronische Mücken.

»Ach, Sie sind der Herr ...!«, begrüßte sie mich, nachdem ich mich wiederholt bemerkbar gemacht hatte, und musterte mich für einen Moment, als hätte sie zu entscheiden, ob ich die Stelle bekam oder nicht.

»Schumm«, sagte ich. »Ich wollte Herrn Betzenberg sprechen.«

Adrian Betzenberg, der Geschäftsführer, kam quer durch den Raum mit ausgestrecktem Arm auf mich zu, packte meine Hand und zog mich daran in sein Arbeitszimmer. Er war ein Mann Mitte vierzig, dem der kosmetische Druck anzusehen war, den das Ideal jugendlichen Aussehens bei fortschreitendem Alter ausübt. Er hatte blondes Haar, das leicht hoch frisiert war und wie ein aufgeschäumtes Sahnehäubchen auf dem Kopf saß. Es betonte die auffällig rote Gesichtsfarbe. Schon beim ersten Mal, als ich ihn sah, kam mir die Idee, dass er möglicherweise seine Freizeit damit verbrachte, in der Badewanne einen Weltrekord im Luftanhalten unter Wasser aufzustellen. Natürlich konnte ich damals noch nicht wissen, dass ich mit dieser Vermutung gar nicht so falsch lag.

»Wie wär's mit einem Kaffee?«

»Warum nicht?«

Er hieß mich Platz zu nehmen und verschwand für wenige Minuten. Plötzlich war er wieder da, rieb sich unternehmungslustig die Hände und ließ sich in den Sessel fallen, der meinem direkt gegenüberstand. »Tja, guter Mann, dann erzählen Sie mal, warum Sie hier sind.«

»Warum?« *Klare Frage, klare Antwort*, hatte Henning mir eingeschärft. »Ganz einfach, weil ich für Sie arbeiten will. Ich habe ...«

»Falsch!«, unterbrach er mich, dass ich zusammenzuckte. »Hier wird nicht gearbeitet.«

»Oh.« Er überrumpelte mich. Darauf hatte mich mein Bruder nicht vorbereitet. »Ja dann ...«

Ich begann zu schwitzen. Nässe, die urplötzlich in meinen Achselhöhlen austrat und in kleinen Rinnsalen an meinem Körper entlanglief. Blinkende Schweißperlen, die wie reife Früchte an meiner Stirn hingen und von meiner Nasenspitze tropften.

Ich wischte mit dem Ärmel über mein Gesicht.

»Wir sind kreativ«, dozierte mein Gegenüber inzwischen. »Wir schaffen etwas. Für mich ist das keine Arbeit.«

Eine Weile starrten wir beide zu seinem Schreibtisch hinüber, auf den Bildschirmschoner seines Monitors, der aus einer grellen Comic-Figur bestand, die wahllos um sich ballerte.

»Was nicht heißt«, fügte er listig hinzu, »dass der Job etwas für Arbeitsscheue ist.«

Ein Schweißtropfen schlug direkt vor mir auf dem Glastisch auf. Bevor Betzenberg hinsah, hatte ich die Hand darauf gelegt.

»Also gut. Dann nicht.«

»Was nicht?«
»Ich bin hier, weil ich nicht arbeiten will.«
Jetzt habe ich dich, sagte sein Gesicht.
»Was wollen Sie dann?«
»Eine Tasse Kaffee.«

Merkwürdigerweise schien ihn das zu beeindrucken. Er hatte mir nur diesen Ausweg gelassen und trotzdem wertete er die Antwort als Schlagfertigkeit. Er machte sich nicht klar, dass ich mich fragte, ob kreative Arbeit tatsächlich darin bestand, Kaffee zu trinken anstatt zu arbeiten.

»Der müsste ja inzwischen fertig sein.« Ein viel sagendes Grinsen lag auf diesem Gesicht, das wie von innen beleuchtet war. Er sprang auf, verließ den Raum und kehrte mit zwei Tassen zurück.

»Nun zu uns. *Visions & Moments*. Wir produzieren Image. Image ist ein teueres Gut. Wir basteln unseren Kunden ein Image und wenn wir das zu ihrer Zufriedenheit machen, dann nützt das auch unserem Image. Kapiert? Dabei schätzt der Kunde unsere Spezialität: Ein witziges, freches Image. Die Pointe, verstehen Sie?« Er prostete mir zu. »Also, wenn Sie jetzt sagen, Sie haben bisher nur im Bereich langweiliges und biederes Image gearbeitet, dann kommen wir erst gar nicht zusammen.«

»Okay«, sagte ich. »Aber das habe ich ja nicht.«

Er lachte. Es war ein enttäuschtes, leicht geringschätziges Lachen. Er hatte einen leicht verständlichen Witz gemacht und ich hatte ihn glatt verpasst. Ein satter Minuspunkt.

»Ach so«, sagte ich und grinste nachträglich.

Aber seine Geduld mit mir war noch nicht am Ende. »Fairerweise sollte ich Ihnen sagen, dass die Pointe so etwas wie mein Hobby ist. Für fünf Jahre war sie sogar mein Job. *Quatsch mit Soße*, eine Comedy-Serie, vielleicht erinnern Sie sich ...«

»Nicht direkt.« Ich räusperte mich nervös und rieb meine nassen Fingerkuppen aneinander.

»Da habe ich nämlich mitgemacht. Tja, die gibt's ja auch nicht mehr.«

Wieder ein Minuspunkt.

»Wenn Sie wiederholt wird, dann ...« versuchte ich, mich zu retten, aber gab es wieder auf.

»Das, weshalb wir uns hier den Hintern wund sitzen, ist die Pointe. Ohne die ist das alles nur Schreibkram. Und wir sind Schreibkräfte. Verstanden?«

»Ja, ich glaube schon. Aber Henning, mein Bruder, sagte, dass Sie mich als Praktikant einstellen könnten ...«

Abrupt hörte Betzenberg auf, an seinem noch zu heißen Kaffee zu schlürfen. »Tja, dann können Sie jetzt gehen. War nett. Wir melden uns bei Ihnen.«

Das also war der Rausschmiss. Für mich kam er nicht mal überraschend. Das Einzige, wozu ich in Stress-Situationen fähig schien, war, einen unangenehmen Schweißgeruch zu produzieren. Das nahm mich so in Anspruch, dass ich für seine Fragen keine Zeit hatte.

»Wenn Sie wollen, könnte ich ja dann als Schreibkraft ...«, versuchte ich höflicherweise.

Er schüttelte den Kopf. »Dafür haben wir schon Penny.« Er grinste viel sagend. »Und die macht nicht nur beim Schreiben eine bessere Figur.«

Wenigstens hatte ich es überstanden.

Ich drückte die Klinke herunter, als er mich zurückwinkte.

»Verstehen Sie jetzt, was ich meinte?« Er machte ein Gesicht wie die Leute von der versteckten Kamera. »Da ist der Witz.«

Ich hatte genug von dem Spiel. »Der Witz?«

»Das mit dem ›Sie können dann jetzt gehen‹. Wir haben immerhin ein Vorstellungsgespräch, schon vergessen? Also das ist ...«

»Die Pointe?«, riet ich.

»Genau. Eine Tasse Kaffee – das war nicht schlecht. Es war sogar wirklich gut. Also trinken Sie ihn aus.« Er wies auf den Platz ihm gegenüber.

»Ich bin mir gar nicht sicher, ob ich Ihre Erwartungen erfüllen ...«

»Erwartungen?« Er zwinkerte mir verschwörerisch zu. »Das kommt schon noch. Ich kann Ihrem Bruder eben nichts abschlagen.«

Die anschließende kurze Führung durch den Betrieb machte mir dann doch Lust, dort anzufangen. Ich bekam einen eigenen Raum zugeteilt mit einem Schreibtisch, auf dem ein PC ganz allein für mich stand. Über dem Rand des Papierkorbes war ein kleiner Basketballkorb angebracht. So wurde sogar das Wegwerfen von Papier zum kreativen Akt.

Der Chef reichte mich an seinen Stellvertreter weiter, einen ruhigen, ernsthaften Mann. Er hieß Rainer Tisch und verzog das Gesicht zur Begrüßung, ohne zu lächeln.

»Unser Finanzgenie«, stellte Betzenberg ihn vor.

Vom ersten Augenblick an hatte ich den Eindruck, dass Tisch sich von den anderen in der Agentur abhob, wenn auch nicht unbedingt positiv. Er hatte nicht ihr extrovertiertes, affektiertes Benehmen. Die Anschmuserei zu jeder Gelegenheit lag ihm nicht. Auch beteiligte er sich nicht an dem ständigen Kampf um den Gesprächsmittelpunkt. Er wirkte wie ein Gast bei einer Karnevalsparty, der nicht verkleidet ist, weil er Karneval hasst.

Tisch hätte in eine Bank gepasst. Hinter einen Schalter. Er strahlte jene höfliche Distanziertheit aus, die angebracht ist, wenn es um Geld geht und jeder weiß, dass hier der Spaß aufhört. Es war mir ein Rätsel, wie so einer mit einem ständig nach Lachern grabenden Altkomiker wie Adrian überhaupt in einem Raum sein konnte. Später hörte ich sein Gelächter aus dem Chefzimmer und mir wurde klar, dass er aus dem Stand eine gehörige Portion Humor hervorzaubern konnte, sofern das seiner Karriere dienlich war.

»Er wird dir erklären«, verkündete Betzenberg, »woran du dich als Einstieg versuchen kannst.«

Ohne Vorwarnung duzte er mich. Es sollte wohl ein

Zeichen sein, dass ich aufgenommen war. Auch diesbezüglich musste ich dazulernen.

Mir gefiel es immer besser. Ich wollte nette Menschen kennen lernen, indem ich mir zunächst Kollegen zulegte. Jetzt hatte ich Kollegen, die gleichzeitig meine Freunde waren. Nun ja, die einen vielleicht mehr, die anderen weniger. Aber genau so und nicht anders sollte es sein. Ein schönes Gefühl. Eine halbe Stunde war ich hier und schon wollte ich nicht mehr weg.

Da Rainer einen dringenden Auswärts-Termin hatte, fiel Frank die Aufgabe zu, mich in die Arbeit einzuweisen. Frank Myllendonck war der eigentliche Texter in der Firma. Seine Werke hatten – wie mir Betzenberg zuflüsterte – schon Preise eingeheimst. Frank war ungefähr in meinem Alter und fast einen Kopf größer als ich. Seine Klamotten hatten Stil, aber er versuchte nicht krampfhaft, wie ein Fünfzehnjähriger auszusehen so wie Betzenberg. Myllendonck schien vom selben Schlag zu sein wie die Leute, die in der Fernsehwerbung immer die guten Freunde spielen. Mir ist klar, dass die natürlich nur Schauspieler sind, aber irgendwo müssen ja die Vorbilder herkommen. Myllendonck lachte viel, ohne albern zu sein. Ich war mir ziemlich sicher, dass hinter seinem humorvollen, leutseligen Äußeren ein nachdenklicher Kern steckte.

»Du siehst geschafft aus von der ersten Audienz beim großen Meister«, witzelte er. »Aber mach dir nichts draus. Da mussten wir alle durch.«

Es war nett, dass er das sagte. Für mich stand es außer Frage, dass sein Vorstellungsgespräch völlig anders verlaufen war. Das hätte er mir schließlich auch unter die Nase reiben können.

»Tja«, sagte ich und versuchte, unverkrampft und sympathisch zu sein. Dabei stieß ich mit dem Rücken gegen einen monströsen Kaktus, der in der Ecke stand und den ich für ein Styropor-Imitat gehalten hatte. Aber ich ließ mir nichts von meinem Schmerz anmerken. »Irgendwie ist er ja sogar nett ...«

»Hat er dir was über Pointen erzählt?« Myllendonck grinste gequält. »Keine Sorge, du gewöhnst dich dran. Die Dinger sind wie Tretminen. Man muss sie im Auge behalten und immer im richtigen Augenblick loslachen. Sonst macht es peng! Aber wenn du dich dran hältst, dann kommst du mit Adi gut aus.«

Er zeigte mir meinen Schreibtisch und wartete noch, bis sich mein PC hochgebootet hatte. Dann ließ er mich allein. Vom Fenster aus sah ich die Vögel, die sich draußen bei einer der Pfützen trafen und miteinander über Gott und die Welt schwatzten. Hier drinnen, bei *Visions & Moments,* roch es nach neuen Möbeln und Kaffee. Ich atmete durch und angelte nach dem Dorn, der in meiner rechten Pobacke steckte.

Es war, als sei ich hier immer schon zu Hause gewesen.

4

Nein, das ist eine Lüge.

Ich wollte, dass es so war, und deshalb redete ich es mir ein. In Wirklichkeit war alles fremd für mich, nur dass mich die Schockwelle dieses Eindrucks erst später erreichte, nachts, als ich nach einer Wiederholung von *Sag mir dein Geheimnis* ins Bett gefallen war und schlaflos die Decke anstarrte.

Diese neue, glitzernde Welt von *Visions & Moments* war so verschieden von allem, was ich bisher kennen gelernt hatte, dass mir im Nachhinein Zweifel an meinem Entschluss kamen, ausgerechnet meinen großen Bruder Henning um Hilfe zu bitten.

Lange Jahre hatte ich auf meine Chance gewartet. Ich hatte nicht nur fromme Betrachtungen verfasst, sondern war Bademeister zur Aushilfe gewesen, einziges männliches Mitglied einer Putzkolonne und Wärter in einem Museum für zeitgenössische Kunst. Nicht gerade Sprungbretter für eine Karriere. Ich war mir sicher gewesen, sollte tatsächlich eines Tages die Chance eintreten, dann würde es mir genauso ergehen wie dem Trottel in einer Slapstick-Nummer: Die aufschwingende Tür würde mich gegen die Wand knallen und erst freigeben, wenn die Chance den Raum wieder verlassen hatte.

Aber ich hatte auch nicht erwartet, dass sie durch die Tür eintreten würde. Für mich hatte nie ein Zweifel daran bestanden, dass ich sie auf der Straße antreffen würde, genauer gesagt, am Straßenrand, in der Person eines Schwerverletzten, von Straßenräubern Misshandelten. Der barmherzige Samariter war für mich ein Supermann und wenn ich Lorbeeren ernten wollte, dann die für ein gutes Werk. Diesen Wunsch hegte ich so lange, bis mir klar wurde, dass seine Tat das Ende seiner Karriere eingeläutet hatte.

An jenem Abend im Bett stellte ich mir vor, plötzlich die Seiten gewechselt zu haben. Ich hatte das schon des Öfteren in einem Film gesehen. Ein Mann sitzt vor der Mattscheibe und sieht einen blutrünstigen Horrorstreifen. Dann schlüpft er in die Bildröhre hinein und findet sich im nächsten Augenblick auf einem schaurigen Friedhof wieder, umringt von lebenden Toten, die gerade aus ihren Gräbern gestiegen sind oder noch damit beschäftigt, die Steinplatte ihres Sarkophages beiseite zu schieben. Was ihn bis vor ein paar Sekunden kaum interessieren und nicht einmal vom Eindösen abhalten konnte, ist plötzlich schreckliche Wirklichkeit.

Bei mir war das so ähnlich und doch völlig anders. Ich war auf keinem Friedhof, sondern in der lauten, quirligen Welt der Schönen und Extrovertierten. Mitten unter Leuten, die gerne lebten und mit jedem auf Du waren, junge, erfolgreiche Menschen mit einem unüberschaubar großen Freundeskreis, der einen beachtlichen Anteil heimlicher Verehrerinnen enthielt. Ich hatte nicht vor, in die alte Welt jenseits des Bildschirms zurückzukehren.

An die Duzerei musste ich mich allerdings erst gewöhnen. Jemand wie ich, der nichts wollte, als sich angenommen zu fühlen, fiel zu schnell darauf herein. In der Firma plauderte man auf intime Weise, als sei hier von montags morgens bis freitags nachmittags Kaffeepause. Man berührte einander ständig und ganz zu Anfang kam es mir sogar so vor, als würde keiner allein aufs Klo gehen. Es gab keinen Unterschied zwischen Chef, Angestellten und Praktikanten. Alle waren aufgerufen, mitzureden und ihre Ideen beizusteuern.

Ein Neuling wie ich kam nicht auf die Idee, dass hier ein kalter Krieg tobte. Erst mit der Zeit bekam ich den Blick dafür. Jeder lief mit aufgeklapptem Messer herum. Man stach lächelnd zu, während man seinem Opfer aufmunternd auf die Schulter klopfte, und man starb lächelnd.

Frank erklärte mir, dass das Duzen in unseren Kreisen obligatorisch und so verbreitet sei, dass man gelegentlich von besonders guten Freunden das Sie angeboten bekäme.

In den ersten Tagen sah es danach aber nicht gerade aus.

Penny, die eigentlich Penelope Paulussen hieß, musterte mich gerne von hinten. Ihr Blick klebte an mir wie ein Giftpfeil. Wie ein hässlicher Egel, der sich in der Haut verbiss und sich vollsog, bis er abfiel. Sprechen konnte man sie eigentlich nie, weil sie fast immer am Tropf ihrer Geräusche hing. Man musste lange warten, denn sie hatte gute Batterien, die lange hielten.

Am Anfang war ich allerdings dazu gezwungen. Ich war erst ein paar Stunden in der Agentur und wusste die grundlegenden Dinge nicht. Wo ist der Lichtschalter, wo sind Radiergummis, wie kann ich einen Anruf durchstellen, wie bedient man den Videorekorder? Mit diesen banalen Fragen wollte ich Tisch nicht behelligen.

Dann waren da noch Frau Bönisch und Frau Hoppenkamps. Zuständig für Buchführung und Gehaltsabrechnungen. Sie hockten ständig zusammen wie zwei alte Glucken und hörten auf zu reden, wenn ich das Zimmer betrat. Von außen, durch die Glastür, sah ich sie ihre Münder bewegen, aber ich hörte sie nicht sprechen. Vielleicht verständigten sie sich tatsächlich in der Hühnersprache.

Und Myllendonck war mit dem Chef auf Kundenfang.

»Wo ist – also ich meine, wo kann man sich hier die Hände waschen?«, fragte ich Penny.

Sie bastelte umständlich die Stopfen aus den Ohren, als wären sie eingeschraubt, und ließ sich die Frage wiederholen.

»Das Klo? – Das ist da drüben, gegenüber vom Videoraum.«

Ich lächelte dankbar.

»Und denk dran!«, rief sie mir hinterher. »Nicht im Stehen. Im Sitzen! Unsereins will nämlich auch noch mal drauf!«

Rainer Tisch war nicht besonders beliebt in der Firma. Wahrscheinlich weil er ein Langweiler war. Er war spröde und zurückgezogen und nahm nicht teil an den Umarmungsritualen der anderen. In der adretten Familienserie, die vom Firmenalltag handelte, hatte er keine Rolle.

Vielleicht war ich der Einzige bei *Visions & Moments*, der begriff, was mit ihm los war. Der wusste, dass er wirklich nichts zu bieten hatte. Denn ich kannte die Merkmale aus eigener Erfahrung und deshalb konnte ich sie deuten.

Tisch redete gelegentlich mit sich selbst. Einmal ertappte ich ihn dabei, als ich an seinem Zimmer vorbeiging. Nicht das gab mir zu denken. Sondern dass ich Zeuge seines Selbstgespräches werden konnte, ohne ihn zu belauschen. Er hatte die Tür angelehnt.

Viele Menschen reden mit sich selbst, das ist eigentlich nichts Ungewöhnliches. Aber niemand erfährt davon, weil sie es nur tun, wenn sie allein sind. Sie sind sicher, dass es keine Zeugen gibt.

Nur solche, die praktisch immer allein sind, kann man dabei ertappen. Denn sie werden die Angewohnheit nicht mehr los. Natürlich wollen sie am allerwenigsten, dass man ihnen auf die Schliche kommt. Es ist ihnen peinlich, da sie genau wissen, wie sie sich selbst ihrer Umwelt vorführen. Aber sie haben sich nicht im Griff, weil sie ihre eigene Stimme nicht mehr hören. Es ist wie bei einer Uhr, die ständig im Hintergrund tickt. Man hört sie nicht mehr, weil das Unterbewusstsein ihren Ton verschluckt hat, also kann man nicht sagen, ob sie geht oder steht.

Dieser Typ von Mit-sich-selbst-Redenden kann nicht mehr unterscheiden zwischen dem, was nur in seinem Kopf ist, und dem, was außerhalb ist. Die Grenzen der Welt verschwimmen. Das Ich beginnt, sich aufzulösen. Ich weiß, wovon ich rede.

Folglich kann er keine Vorsichtsmaßnahmen ergreifen. Er weiß ja nicht, wann er mit sich selbst redet. Also lässt er die Tür angelehnt.

Für mich war es kein Wunder, dass Tisch meine Bekanntschaft nicht suchte. Allerdings war ich mir unsicher, ob es überhaupt etwas gab, das ihm etwas bedeutete. Wenn Adi nicht da war, kehrte Tisch den Chef heraus und das schien ihm eine gewisse Befriedigung zu verschaffen.

Adi war selten da. Er hatte ein Haus mit einem riesigen Garten, den er selbst pflegte. Er hatte zwei Pferde, die für ihn Preise gewannen. Und er hatte eine Yacht. Es gab Zeiten, da hatte Adi wochenlang wenig Zeit für die Firma.

Tisch war nicht der geborene Werbefritze. Dafür kannte er sich besonders in unkreativen Dingen aus, in Sachen wie Statistiken, Steuerangelegenheiten und Umsatzentwicklung. Dinge, um die die anderen einen großen Bogen machten. Sie waren seine Spezialität und verliehen ihm eine gewisse Macht. Wenn auch niemand seine Nähe suchte, so schien es auch niemand mit ihm verderben zu wollen.

Möglich, dass er das Chef-Spielen genoss. Er versuchte es immer wieder, obwohl er in der Rolle alles andere als erfolgreich war. Vor allem seine Manie, seine Orders per Zettel an die Mitarbeiter zu verteilen, kam nicht gut an. Vielleicht, weil er sich schriftlich in dem hier üblichen frischen, unverbindlichen Ton übte, der ihm so gar nicht lag.

Wenn du Arbeit suchst, lass dir von Penny das Altruismvideo geben, stand auf einem der Zettel, die ich auf meinem Schreibtisch fand. *Vielleicht fällt dir was dazu ein.*

Natürlich suchte ich Arbeit. Also sah ich mir unzählige Werbespots an für Parfum, Bodylotion, Badezusatz und Gesichtsmilk.

Schon eine Idee?, bedrängte mich ein anderes Blatt Papier am nächsten Tag. *Wir brauchen einen kurzen Spot, der nicht nur witzig ist, sondern ein Brüller. Du kennst ja den Chef.*

An diesen ersten langen Tagen, die ich dumpf brütend vor meinem PC verbrachte, meldete sich in mir der Verdacht, dass die Image-Produktion nicht meine Stärke ist. Wenn ich es recht bedachte, hatte ich keinerlei Schimmer, worauf es ankam. Als ich endlich gegen fünf meine Sachen packte, traf mich Rainers vorwurfsvoller Blick. Du gehst schon?, fragte der Blick.

Tisch blieb abends oft länger. »Ich werde heute einmal reinen Tisch machen«, sagte Frank mit einem Grinsen. Damit meinte er Überstunden.

Frank Myllendonck war eigentlich der einzige Lichtblick. Er machte mir wieder Mut, als ich nach der ersten Woche, die mir länger als zehn Wochen vorgekommen war, drauf und dran war aufzugeben. Pennys herablassende Art und Rainers anonyme Briefchen hatten meine Kapitulation erzwungen.

»Der Anfang ist immer schwer«, erklärte Frank, während er mir mitfühlend auf die Schulter klopfte. »Vor allem, wenn du neu in der Branche bist. Das dauert seine Zeit.«

»Ich habe ständig das Gefühl, überflüssig zu sein«, klagte ich.

»Klar. Hatten wir alle. Aber du wirst sehen, das ändert sich. Zuerst denkst du, deine Kollegen sind jeder für sich ein Fall für die Klapse. Aber dann lernst du die Leute näher kennen und findest raus, dass sie alle eigentlich ganz nett sind.«

»Gerade das will ich ja. Die Leute kennen lernen.«

»Du musst einfach mitmachen, davon hängt viel ab. Darfst dich nicht absondern. Zum Beispiel so eine Sache wie Adis Fest. Das ist schon eine Institution.«

»Was für ein Fest?«

»Adi macht das jedes Jahr. Draußen auf seinem Landsitz. Traumhaft, sag ich dir. Aber du wirst ja selbst bald die Gelegenheit haben ...«

»Hört sich gut an.«

»Wie steht's? Hast du schon zu Mittag gegessen?«

Frank hatte Recht. So einfach war das im Grunde. Vielleicht nicht bei der arroganten Penny oder dem einsamen Langweiler Tisch. Aber mit Frank hatte ich erst ein paar Worte gewechselt und jetzt saßen wir schon zwei Häuser weiter beim Chinesen und quatschten über dies und das.

»Weißt du, es kommt vor allem darauf an, die Sache nicht zu ernst zu nehmen.«

»Du meinst den Job.«

»Ja. Was mir machen, das ist Spaß, nichts weiter. Spaß, der gut bezahlt wird. Aber natürlich nicht nur der Job. Im Grunde das ganze Leben.«

»Du weißt ja, wie das ist«, öffnete ich mich ihm. »Du ziehst in eine neue Stadt, weil du einen neuen Job hast. Du kennst niemanden und vor allem keinen, dem es ähnlich geht. Schwierig, da Fuß zu fassen.«

Das mit der neuen Stadt stimmte natürlich nicht. Aber diese Notlüge hielt ich für angebracht, um Leuten wie ihm eine Erklärung dafür zu liefern, dass ich völlig allein dastand.

Irgendwie musste ihm das einleuchten. Denn dass er wusste, wie das war, daran glaubte ich keinen Moment.

»Klar, weiß ich«, sagte er.

»Bist du auch neu zugezogen?«

»Das nicht gerade. Ich bin hier groß geworden. Ein paar Straßen von hier enfernt.«

»Und dann hast du hier angefangen.«

»Hat sich so ergeben.«

Ich verzichtete darauf, ihn weiter auszufragen. Wir schwiegen eine Weile, während der ich fieberhaft nach einem interessanten Thema suchte, über das wir uns unterhalten konnten. Auf meiner Stirn bildeten sich erste Schweißperlen.

»Dann hast du also ganz schön Schwein gehabt.«

»Weißt du was? Unternimm etwas mit deinen Kollegen. Gib einen Einstand! Da gibt es eine Menge Möglichkeiten.«

Dankbar nickend ärgerte ich mich darüber, dass mir nichts anderes eingefallen war, als auf mein Problem zu sprechen zu kommen.

»Tja, dann ...« Myllendonck stand auf. Wir kauten noch, aber die Mittagspause war zu Ende.

»Vielleicht hättest du ja Lust«, rief ich ihm hinterher, »abends mal ein Bier zu trinken. Ich meine, mit mir ...«

»Klar doch.« Er grinste. »Im Moment ist es schwierig, aber – wieso eigentlich nicht?«

Wieso nicht? Mit einem ersten Erfolg, einer Kneipen-Verabredung ohne konkretes Datum, ging ich wieder an meinen Schreibtisch zurück. Leider stellte sich das deutliche Gefühl dieses Erfolges nicht ein.

Vielleicht lag das daran, dass Frank Myllendonck seine Offenherzigkeit ein wenig bereute. Ich hätte ihn nicht sofort in so vieles einweihen sollen. Man kann die Leute damit zurückstoßen. Während ich ihm die Sachen von meiner armseligen Single-Existenz ausmalte, war es mir, als würde er von einer ernsten Krankheit erfahren und sich nun vor Ansteckung fürchten.

Also nahm ich mir vor, künftig behutsamer vorzugehen und mich nicht aufzudrängen.

5

Wann das Schwitzen angefangen hat, weiß ich gar nicht mehr genau. Vielleicht will ich mich nicht daran erinnern. Amanda, meine Therapeutin, meint, dass eigentlich nur das interessant ist, was man nicht mehr genau weiß, und davon besonders das, was man nicht mehr wissen will.

Während der Sportstunden damals, als die Mannschaften ausgewählt wurden, hatte ich das Problem jedenfalls noch nicht. Glaube ich wenigstens. Natürlich schwitzte ich, wenn es heiß war und wenn ich mich angestrengt hatte. Aber es war nicht anders als bei den anderen.

Heute ist es anders. Es ist wie bei einem nassen Schwamm, den man auswringt. Als könnte ich meine gesamte Körperflüssigkeit innerhalb von Sekunden absondern. Ich versuche, es zu verbergen, so gut es geht, aber genau das macht es nur noch schlimmer.

Ist es Nervosität, Anspannung, Stress? Mir ist gleich, was dahinter steckt, denn das zu wissen ändert ja nichts. Ich kann es nicht steuern. Die Schwitzerei hat mich im Griff wie ein böser Geist. Sie sucht sich ihre Anlässe, ohne mich vorher zu fragen.

Ich erinnere mich jetzt, dass ich mit sechzehn schon diese plötzlichen Ausbrüche hatte. Damals war ich auf einer dieser endlosen Feten gewesen und dieses eine Mal hatte ich nicht nur mit meinem Glas in der Hand dagestanden.

Eines der Mädchen hatte ihren Fahrradschlüssel verloren und ich hatte das Glück gehabt, ihn zu finden. So waren wir ins Gespräch gekommen. Sie sah toll aus, aber das verdankte sie hauptsächlich einem perfekten Styling.

Die Sache ging sogar so weit, dass wir einen kleinen Spaziergang machten, bis wir auf einer Bank nebeneinander saßen und den Mond anstarrten. Wir wussten natürlich beide, weshalb wir da saßen.

Und dann passierte es. Von meiner Nase tropfte etwas auf ihren diamantweißen Rock.

Mit einer hüpfenden Bewegung zuckte sie von mir zurück. »Was ist das?«

»Nichts. Es ist ...«

»Doch! Da ist doch ein Fleck auf meinem Rock.«

»Ja, schon. Aber das ist nur – Schweiß.«

»Du schwitzt? Aber es ist doch nicht heiß!«

»Mir schon.«

Sie rubbelte wie besessen an dem Fleck und schaffte es irgendwie, ihn zu vergrößern.

»Aber ich sagte dir doch ...«

»Quatsch! Das ist kein Schwitzfleck. Das geht nicht mehr raus. Scheiße!«

Damals habe ich mich geschämt. Ich wollte nicht schwitzen und keinen Geruch absondern, aber diese Bemühungen ließen mich erst zur Weltklasse auflaufen. Ich schwitzte vor Anstrengung, nicht zu schwitzen. Doch wenn schon, dann sollte mir wenigstens niemand etwas anmerken.

Aber das klappte nicht. Stattdessen gab es immer wieder Leute, die sich nichts anmerken ließen. Die so taten, als sei ich wie jeder andere. Aus lauter Höflichkeit hielten sie die Luft an und atmeten ein, während sie sich von mir abwandten.

Ich hasste sie. Unterbewusst habe ich wahrscheinlich immer nach einer Chance gesucht, es ihnen heimzuzahlen und das höflich distanzierte Grinsen in ihrem Gesicht zu zermatschen.

Was Frauen anging, so unternahm ich nach diesem Vorfall vorerst keinen Versuch mehr, mich ihnen zu nähern, perfekt gestylten schon gar nicht.

Die Sache mit Penny macht da übrigens keine Ausnahme. Ihr habe ich mich ja nicht genähert.

Ich ging noch öfter zum Chinesen um die Ecke. Aber Frank traf ich nicht mehr an, dafür Penny. Das ein oder andere Mal redeten wir sogar, wenn sie ihre Musik in der Firma vergessen hatte.

Penny redete viel. Dafür, dass sie eine Traumfigur hatte, aß sie eine Menge. Sie kaute ununterbrochen und redete ununterbrochen.

»Na? Hast du dich inzwischen bei uns eingelebt?«, wollte sie wissen.

»Es ist alles noch etwas neu für mich«, antwortete ich ausweichend.

Sie angelte sich eine Sojasprosse vom Teller, beförderte sie zwischen ihre voluminösen Lippen und saugte sie schmatzend ein.

»Das sind alles nette Leute«, versicherte sie mir. »Nicht nur in der Firma. Die ganze Branche. Vor allem lernst du noch viel mehr davon kennen. Eine Menge Stars aus Film und Fernsehen.«

»Tja, ich bin auch schon gespannt. Aber bis jetzt ...«

»Ich hab als Model angefangen. Das ist geil, aber auf die Dauer ...« Sie wedelte mit ihrer Gabel hin und her. »Immer nur aussehen, das ist mir zu öde. Ich will ins Fernsehen. Ernste Rollen spielen. Und da hab ich erst mal bei *Vimo* angefangen.«

»Vimo?«

Sie musterte mich mitleidig. *»Visions & Moments.«*

»Ach ja.«

»Wie findest du eigentlich Adi?«

Wieso interessierte sie sich für meine Meinung? »Ich weiß nicht.«

»Tja, so richtig kennst du ihn ja auch nicht.« Sie grinste viel sagend.

»So richtig?«

»So wie ich ihn kenne. Aber ich bin diskret.« Es gab ein knirschendes Geräusch, als sie von ihrer Frühlingsrolle abbiss. »Es gibt bei uns ein stillschweigendes Abkommen.«

»Was denn für ein Abkommen?«

Sie kicherte. »Ich plaudere nicht aus, wie du im Bett bist, dafür verkneifst du dir, aller Welt zu erzählen, wie mir mein Intimschmuck steht.«

Ich schwitzte stärker. Am meisten ärgerte mich an ihrer blödsinnigen Bemerkung, dass es mir nicht gelang, einfach so darüber hinwegzugehen. Ich versuchte es mit einem verlegenen Grinsen und sie machte ein Gesicht dazu, das mir ohne Worte klar und deutlich zu verstehen gab: Habe ich mir gedacht, dass du einer bist, den so was aus der Fassung bringt.

»Und Frank?«, fragte ich, von der gefährlichen Straße in die nächstbeste Seitengasse flüchtend. »Frank Myllendonck?«

»Was ist mit ihm?«

»Kennst du ihn vielleicht auch so gut?«

Ihre Augen musterten mich wie die einer Spinne, die ihr Opfer begutachtet. »Der ist in festen Händen.«

»Das meinte ich auch nicht.«

Penny lachte verächtlich. »Außerdem kennt der doch nur das eine Thema.«

»Welches Thema?«

»Fußball. Mit ihm kannst du doch über nichts anderes reden.«

Schon möglich, dass sie das nicht konnte. Was sollten Penny Paulussen und Frank Myllendonck schon Gemeinsames haben?

»Tja«, sagte Penny. »Jetzt du.«

»Ich?«

»Du bist dran. Erzähl mir was über die Leute, die du kennst.«

»Ich weiß nicht ...«

»Du musst sie ja nicht gut kennen.«

Das hörte sich so an, als halte sie für möglich, dass die einzigen Leute, mit denen ich hin und wieder ein Wort wechselte, Taxifahrer und Busschaffner waren.

»Ich möchte dich nicht langweilen.«

»Da pass ich schon auf. – Sag mal, ist das hier so heiß oder was ist los mit dir?«

Für sie schien das so eine Art Wettbewerb zu sein – du kennst zwanzig Leute, aber ich über fünfzig. Aus irgendeinem Grunde schien sie ständig darauf aus zu sein, mich zu übertrumpfen. Ich hatte keine Lust, mich dem auszusetzen.

Ich kramte mein Portemonnaie hervor, um das Geld auf den Tisch zu legen und dann zu gehen. Dabei verstreute ich eine Hand voll Kleingeld auf dem Boden. Wie so oft gaben die Dinge in einer missratenen Situation ihre Neutralität auf und schlugen sich feige auf die Seite meiner Widersacher.

»Du hast doch sicher eine Freundin«, riet Penny mit dem sicheren Gefühl für meinen wunden Punkt.

»Im Moment nicht.«

Möglichst gleichgültig zuckte ich mit den Schultern und überließ die Münzen, die unter ihren Stuhl gerollt waren, sich selbst.

»Aber trotzdem kenne ich eine Menge Leute«, beharrte ich trotzig. »Sogar ein paar illustre. Über meinen Bruder, Henning Schumm. Er macht Filme und da läufst du immer ein paar schrillen Typen über den Weg.«

»Quatsch!«

Ich richtete mich wieder auf.

Penny starrte mich an. Ihr Mund stand offen. Ein Loch in ihrem perfekten Make-up. Ohne mich hinunterzubeugen, konnte ich halb zerkleinertes Chopsuey ausmachen.

»Du willst mir echt weismachen, *der* ist dein Bruder?!«

6

Damit hatte ich sie beeindruckt.

Penny mit ihren grob gemusterten Nylons, die vor mir aufragten, während ich zu ihren Füßen mein Kleingeld aufsammelte. Es schien ihr nicht einmal etwas auszumachen, dass ich freien Blick unter ihren Rock hatte. So wenig scherte sie sich um mich.

Sie kam mir vor wie ein riesiger, verschwenderischer Luxusdampfer. Und ich war ein U-Boot, das einen Torpedo auf seine Breitseite abgefeuert hatte.

Ich würde lernen, mich zu behaupten. Penny würde lernen, mich respektvoll zu behandeln. Die Kollegen von *Vimo* würden mich zur Kenntnis nehmen.

Im Übrigen hatte Frank Myllendonck die richtige Idee gehabt. Ich würde einen Einstand geben.

Der Freitagnachmittag war dazu wie geschaffen. Dann würde ich im kleinen Aufenthaltsraum ein paar Sachen aufstellen. Frisches, knuspriges Baguette, cremigen Feta, saftige Oliven, Shrimpssalat und bunte Käsehäppchen. Dazu Sekt und Orangensaft.

Ich hatte zu viel Zeit in der zweiten Reihe zugebracht. Jetzt war der Augenblick gekommen, wo der scheue, unerfahrene Praktikant mit einem bescheidenen Vorschlag nach vorne trat, der es in sich hatte. Von dem sogar der Chef neidlos zugeben würde, dass er ein beachtliches Maß an Begabung verriet.

An meiner Idee arbeitete ich nicht erst seit gestern. Ich hatte schon eine Menge Parfum-Spots angefangen und wieder verworfen. Meistens feilte ich daran, während ich vor dem Fernseher saß.

Ein Parfum mit dem Namen *Altruism*. Das war das Thema. Ich gebe zu, dass mir dazu wenig einfiel. Und davon erinnerte das meiste allzu sehr an die uralte Geschichte vom Samariter. Ein Mann, der am Straßenrand lag. Jemand, der ihm half. Das war eines der glänzendsten Beispiele von Altruismus, das die Weltgeschichte zu bieten hatte.

Doch was hatte das mit Parfum zu tun?

Ich hatte nicht den Schimmer eines Zugangs zu einer originellen Inspiration. Noch fehlte mir all das, was den professionellen, trendfühligen Werber ausmachte. Mit

Frank Myllendonck konnte ich noch nicht Schritt halten und ebenso wenig mit Betzenberg, dem Meister aller Pointen. Bis ich so weit war, musste ich von dem lernen, was die Branche schon fix und fertig auf dem Markt präsentierte.

Wieder einmal wurde das Fernsehen mein Lehrmeister. Darin ist es gleichmütiger und klüger als die meisten menschlichen Pädagogen. Das Fernsehen verlangt nicht von einem, auf andere zuzugehen. Auch verlangt es nicht, dass man originell ist, im Gegenteil.

Scheiß auf die Originalität, flüsterte es mir zu. Die Menge macht es. Wenn du weißt, was ankommt, dann wiederhole es und wiederhole es noch einmal. Kopiere gnadenlos, auch das, was du deine eigenen Ideen nennst, in Wirklichkeit aber nur der Aufguss der Einfälle anderer ist. Zwinge den Zuschauer, dir dabei zuzuschauen. So lange, bis er nicht mehr weiß, ob er das, was er sieht, schon einmal gesehen hat. Bis es ihn auch nicht mehr interessiert.

Wenn du an diesem Punkt angelangt bist, dann können wir uns mit Qualität befassen.

Fünf Abende und Nächte hintereinander verbrachte ich ausschließlich damit, Werbung anzuschauen. Dann hatte ich einen Überblick über die aktuellen Parfum-Spots. Ich kannte die Klischees, die ewig wiederholt wurden, in- und auswendig und konnte sie im Schlaf vor mir vorbeiziehen lassen. Wieder und wieder. Außergewöhnliche Ideen hatten keine Chance. Sie blitzten kurz auf wie Sternschnuppen am nächtlichen Himmel und verzischten für immer. Ich hatte keine Zeit, mich mit ihnen zu befassen und vergaß sie wie von selbst. Am Ende blieben nur die besten Bilder übrig, die eben, die am öftesten wiederholt wurden. Sie erschienen mir im Traum.

Da war ein Paar, bestehend aus zwei schönen Menschen. Beide waren so gut aussehend, dass man davon ausgehen musste, dass sie kein Parfum brauchten. Wenn sie überhaupt etwas absonderten, dann war es eine Flüssigkeit, die man so, wie sie ausgeschwitzt wurde, in liebliche, formschöne Fläschchen abfüllen konnte. Und wenn die beiden miteinander ins Bett gingen, dann nicht, ohne der Welt Gelegenheit zu geben, Eintrittskarten zu erwerben, um Zeuge dieses Schauspiels zu werden, das an Sehenswürdigkeit den Pyramiden von Gizeh und den Niagara-Fällen ebenbürtig war.

In meinem Traum aber sah ich die beiden streiten. Worum es ging, konnte ich nicht wissen, aber diese Frage schien mir in diesem Zusammenhang völlig unwichtig. Entscheidend war eine Atmosphäre der Dissonanz zwischen zwei Menschen, die zusammen perfekter waren als alle Liebespaare der Welt.

In der Hitze der Auseinandersetzung riss er ihr die Handtasche aus der Hand. Später würde er seinen Ausbruch zweifellos bereuen, aber jetzt pfefferte er die kleine weiße Ledertasche wütend auf den Boden, wo sie auf dem spiegelglatten Marmor entlangschlidderte. Ein Fläschchen *Altruism* kullerte heraus.

Er hatte inzwischen den Raum verlassen und die Tür hinter sich zugeworfen, ohne sich noch einmal umzuschauen.

Sie stand da, wütend, ratlos, allein gelassen. Unwiderstehlich weiblich in ihrer Verletzlichkeit.

Eine Hand griff nach dem Parfum. Es war eine männliche Hand.

Sie gehörte einem Mann, dem einzigen auf der Welt, der noch schöner und männlicher war als der, der sich gerade in den Schmollwinkel begeben hatte.

Ihr Blick auf ihn machte klar, dass sie sich dessen sehr wohl bewusst war. Oder besser: Sie wurde sich gerade jetzt dessen bewusst. Und plötzlich war es, als erwache sie aus einem langen Dornröschen-Schlaf ...

Ich träumte diesen Traum mehrmals, bevor ich ihn zu Papier brachte. Mir gefiel daran besonders, dass sich der Spot durch seine Wendung am Schluss von der großen

Masse der üblichen abhob, indem er Farbe bekannte. Er verband die Message, das Produkt betreffend, mit einer mutigen Aussage über soziales Verhalten in unserer heutigen Zeit. Der Name des Produkts verband sich mit einer guten Tat, mochte sie auch noch so modernistisch inszeniert sein. Ein Mann eilte einer allein gelassenen Frau zu Hilfe und sah dem Lohn für seine Tat entgegen.

Am nächsten Tag traf ich Frank Myllendonck, als ich gerade dabei war, einen Aushang an der Wand direkt gegenüber der Kaffeemaschine zu befestigen. *Der Neue lädt ein! Freitag, 16.30 im Konferenzraum. Kommt alle!*

»Wurde auch Zeit«, brummte er und sah mir neugierig über die Schulter. »Und wann steigt die Party?«

»Freitagnachmittag«, informierte ich ihn, obwohl es auf dem gelben Karton vor seiner Nase ausgedruckt war. »Pünktlich zum Anfang vom Ende.«

»Anfang von welchem Ende?«

Ich grinste. »Vom Wochenende natürlich.«

Mit einem anerkennenden Nicken gutierte Frank mein kleines Wortspiel. Er klopfte mir lässig auf die Schulter und wandte sich zu seinem Zimmer.

»Heh, wie wär's mit heute?«, rief ich ihm hinterher.

Er blieb stehen. »Heute? Was?«

»Das Bier nach Feierabend. Mir würde es passen.«

»Heute? – Warte mal ...« Sein Blick drehte ab in eine ungewisse Ferne irgendwo über mir, während er im Kopf seinen Terminkalender durchsah. »Tja, sonst eigentlich jederzeit, ehrlich. Nur montags ist es leider ganz schlecht. Da habe ich nämlich ...«

»Heute ist Dienstag, nicht Montag.«

»Heute?« Er runzelte die Stirn und sah so aus, als würde er sich geschlagen geben. »Ach ja, stimmt. Dann ...«

»Dann also heute Abend?«

»Na schön.« Myllendonck zuckte mit den Schultern. »Warum nicht?«

Mit der besten Laune, die man sich denken kann, begann ich meinen Arbeitstag. Es war ein sonniger, warmer Morgen und der Vogel-Treffpunkt, die Pfütze vor dem Fenster, war austrocknet. Man konnte den Sommer mit den Händen fühlen.

Endlich ging es bergauf mit mir. Es war nicht das erste Mal, dass ich Frank an unsere Verabredung erinnert hatte. Schon seit letzter Woche nahmen wir uns vor, einen zusammen zu trinken. Aber entweder hatte ich einen unglücklichen Termin gewählt, oder Frank war etwas im letzten Moment dazwischengekommen. Jetzt, endlich, war es so weit.

Ich tippte den *Altruism*-Spot von gestern Nacht in meinen Computer und begann, ein repräsentatives Layout zu basteln.

Es kam mir so vor, als sei das Aufsammeln der Münzen zwischen Pennys makellosen Beinen neulich mein Tiefpunkt gewesen. Er hatte mich zwei Nächte gekostet, die ich nicht mit Schlafen verbracht hatte, sondern damit, mein Bettzeug nass zu schwitzen und mit den Gedanken so lange im Kreis zu laufen, bis ich die letzte Orientierung verloren hatte. Unzählige Male erlebte ich, auf den Knien rutschend, wie Penny, hoch vor mir aufragend, den Kollegen von *Visions & Moments* erzählte, ich sei ein Schlappschwanz und habe sie außerdem heimlich dabei beobachtet, wie sie ihren Intimschmuck anlegte. Unzählige Male sah ich Franks fragendes, enttäuschtes Gesicht. Wieso zum Teufel hast du nicht erst mit mir darüber geredet?, fragte er. Ich hatte keinen Schimmer worüber und trotzdem wusste ich, dass er Recht hatte.

Jetzt aber, ab heute, war die Talsohle überschritten. Nicht mehr lange, dann würde Penny Paulussen eine Menge dafür geben, sich zu meinen Bekannten rechnen zu dürfen, und sie würde sich abends besonders verführerisch zurechtmachen, nur weil sie damit rechnete, mich zu treffen.

»Wer soll sich wegen dir zurechtmachen?«, fragte Penny feixend. Sie war hinter mich getreten und hatte mich unverschämterweise belauscht, als ich mit mir selbst geredet hatte. Glücklicherweise nicht lange genug, dass sie den Zusammenhang verstehen konnte.

»Es geht um einen Spot, an dem ich arbeite«, rettete ich mich, während mein Herz wie eine rasende Maschine Flüssigkeit durch meine Hautporen pumpte. »Ich habe nur laut gedacht.«

Bevor sie hinausging, schüttelte sie langsam den Kopf mit einem selbstgefälligen Grinsen. Sie glaubte mir kein Wort, aber das konnte mir egal sein.

Die Zeit verging wie im Fluge. Ich hatte nicht das Gefühl zu arbeiten. Zum ersten Mal verstand ich Betzenbergs witzige Bemerkung über die Tätigkeit kreativer Menschen.

Als ich meine Idee fertig ausgedruckt in der Hand hielt, überlegte ich für einen Moment, ob ich ihn in der Kneipe Frank zeigen und ihn um seine Meinung fragen sollte. Aber ich wollte nicht riskieren, meine Glückssträhne abklingen zu lassen, indem ich mir mit meinem Vorstoß unnötig Zeit ließ.

Ich klopfte bei Adi Betzenberg, um ihm mein Skript persönlich in die Hand zu drücken. Aber er war nicht da. Es gab ein Problem mit seinen Pferden oder seiner Yacht, teilte mir Tisch mit, der sich wieder als Stellvertreter aufspielte.

Ihm wollte ich meine Arbeit allerdings nicht überlassen. Ich schrieb ein paar persönliche Zeilen und platzierte meinen Spot auf Betzenbergs Schreibtisch. Oft erschien er gegen Abend überraschend in der Agentur und diese Situation war wie geschaffen dafür, dass er mein Konzept wie durch Zufall zwischen seinen Unterlagen entdeckte.

Die Kneipe, die Frank und ich aufsuchten, lag nur wenige Schritte von der Agentur entfernt, schräg gegenüber auf der anderen Straßenseite. Wir nahmen einen der Tische draußen auf dem Trottoir, was nicht besonders gemütlich war, weil die Straße sehr verkehrsreich ist. Obwohl im Lokal kaum Betrieb war, konnten wir uns nicht in Ruhe unterhalten.

Aber Frank bestand auf diesem Platz. Er wirkte etwas angespannt, gar nicht recht in Feierabendstimmung. Er hatte auch nicht viel Zeit. Erst vor einer halben Stunde habe Amanda, seine Freundin, angerufen und ihn gebeten, sie mit dem Auto von irgendwoher abzuholen.

»Also dann«, sagte ich und hob mein Glas gegen seins. »Darf ich dir dann hiermit feierlich das Sie anbieten!« Ich grinste.

Aber er nicht. »Was?«, fragte er und machte ein begriffsstutziges Gesicht.

»Hast du doch gesagt: Wenn man sich besser versteht, dann bietet man sich in diesen Kreisen das Sie an. Und ich dachte ...«

»Ach komm. Lass den Scheiß!«

Im Nachhinein kam ich mir selbst blöd vor, einen so albernen Vorschlag gemacht zu haben. Wie immer in solchen Fällen blieb das Grinsen wie eingemeißelt in meinem Gesicht und es dauerte eine Ewigkeit, bis ich wieder wie ein normaler Mensch aussah. Immerhin stießen wir wortlos an und hörten eine Weile auf den monotonen Straßenlärm.

Allmählich wurden die Innenflächen meiner Hände feucht. Irgendetwas musste geschehen. Ich konnte diese erste Gelegenheit nicht einfach so vorbeigehen lassen. Was sollte Frank Myllendonck veranlassen, weiterhin mit mir zu verkehren, wenn wir nichts anderes zu tun wussten, als uns anzuschweigen?

Die Eingebung kam in letzter Sekunde und ich zögerte nicht einen Moment, sie umzusetzen.

»Hast du eigentlich vorgestern das Spiel gesehen?«

Frank beugte sich vor, da die Ampel gerade auf Grün geschaltet hatte. Er konnte mich kaum hören. »Was?«

»UEFA-Cup, Rückrunde. Bremen gegen AC Mailand.«

Was mich anging, so hatte ich nicht die leiseste Ahnung vom Sport. Aber ich hatte Hunderte von Fernsehübertragungen verfolgt. Die Sprache des Fußballs war für mich wie die Tastatur eines Instruments, auf dem ich herumklimperte, ohne zu wissen, was eine Melodie ist.

»... kein Spiel gesehen«, war der Rest seiner Antwort, den ein startendes Motorrad übrig ließ.

»Damit wären jetzt nur noch die Bayern und Dortmund im Turnier«, fügte ich hinzu. »Und ob die das packen, darf man bezweifeln.«

Mein Gegenüber nickte und tauchte seine Oberlippe in den Schaum seines Bieres. Er hatte diesmal kaum die Hälfte von dem verstanden, was ich gesagt hatte.

Also wartete ich bis zur nächsten Rot-Phase der Ampel.

»Was hältst du davon, wenn wir mal zusammen zu einem Spiel gehen?«

Diesmal war alles angekommen.

»Was für ein Spiel?«

»Am Samstag. Gegen Schalke. Das wird spannend.«

Frank legte den Kopf schief. »Du meinst Fußball?«

»Was sonst?« Ich lachte und entschied im selben Moment, meinen gesamten Einsatz zu riskieren. Schließlich hatte ich eine Glückssträhne, also alles auf Rot. »Normalerweise lasse ich kein Spiel aus. Bin jeden Samstag im Stadion.«

Frank kippte den Rest seines Bieres hinunter. Es dauerte relativ lange.

»Tja, tut mir Leid«, sagte er bedauernd. »Aber das ist nichts für mich.«

»Das Spiel?«, fragte ich.

Plötzlich, zum ersten Mal, seit wir hier saßen, war es still. Das hatte keinen besonderen Grund, bis auf die Tatsache, dass an der Ampel diesmal die meisten Autos nach links oder rechts abgebogen waren. Mir schien es, als könnte ich eine Stecknadel fallen hören.

»Fußball überhaupt«, sagte Frank Myllendonck. »Ehrlich gesagt, es gibt kaum was, was mich mehr anödet.«

Ich starrte ihn an und Bäche von Schweiß stürzten unter meinem Hemd in Richtung Bauchnabel. Ich war völlig platt, unfähig zu reagieren. Ich war gelähmt und das Grinsen war eine Maske, die meinem Gesicht ihren eisernen Willen aufzwang.

»Weißt du, meine Sache ist eher richtiger Sport«, erklärte Frank. »Wo man nicht nur auf der Tribüne sitzt, grölt und Bierdosen schmeißt. Davon wirst du doch nur dick.«

»Richtiger Sport?«

»Speckbrett zum Beispiel. Da lasse ich kein Spiel aus. Mit dem Unterschied, dass ich selbst auf dem Platz stehe.«

7

Ich war derjenige, der torpediert worden war. Arglos hatte ich mich in eine Falle locken lassen. Die Paulussen hatte mir ein großes, buntes Schild mit der Aufschrift *Volltrottel* auf den Rücken geheftet und ich hatte es nicht einmal bemerkt.

Da ich ein abergläubischer Mensch bin, hatte ich kein gutes Gefühl, wenn ich an meinen Einstand am Wochenende dachte, jetzt, nachdem meine Glückssträhne ein so jähes Ende gefunden hatte. Aber ich konnte nicht mehr zurück.

Um mich abzulenken, machte ich mich nützlich, wo ich konnte. Ich versorgte die Pflanzen in der Agentur mit Wasser, reinigte den verstopften Filter der Espressomaschine und machte den Spülkasten in der Gästetoilette wieder flott. Gleichzeitig versuchte ich mich auf ein Desaster vorzubereiten, indem ich alle Möglichkeiten einer Panne im Kopf durchlebte, die mir einfielen. Einmal stellte sich heraus, dass das Baguette angeschimmelt war, dann verspritzte ich Sekt auf Betzenbergs aschgraue Weste und schließlich mussten sich alle nach dem Genuss der Käsehäppchen übergeben.

Die Frühstückspause am Freitag nutzte ich, um den Sekt kalt zu stellen und sämtliche Teller und Gläser zum dritten Mal zu spülen. Um die Mittagszeit drapierte ich die Köstlichkeiten auf einem der Tische im Konferenzraum. Noch eine knappe Stunde, dann konnte es losgehen.

Keine der Peinlichkeiten, die mich in meinen Träumen verfolgt hatten, trat ein. Dazu reichte die Zeit nicht. Es war fast so wie beim Zahnarzt, wenn man auf das Schlimmste gefasst ist, auf das Schrillen des Bohrers, das Ächzen der eisernen Zange, die den Zahn zersplittert, auf den Blutgeschmack im Mund. Und dann schaut er nur kurz hinein und sagt, dass alles in Ordnung ist. Alles nur eine Sache von wenigen Minuten.

Wie ich erfuhr, hatte sich der Chef schon gegen elf ins Wochenende begeben. Penny kam kurz herein und naschte ein Käsehäppchen, während sie sich kauend verabschiedete. Ich bot ihr Sekt an, aber sie verstand mich nicht, weil sie den Walkman eingeschaltet hatte.

Frank aß immerhin zwei Löffel von dem Shrimps-Salat.

»Wirklich köstlich«, lobte er. »Zu schade.«

»Was ist schade?«

Er stopfte sich eine Olive in den Mund. »Ich muss weg. Leider.«

»Aber warum hast du nichts gesagt? Ich meine, ich hätte das hier auch auf einen anderen Tag legen können. Und dann ...«

Er machte eine versöhnliche Geste. »Nimm's nicht tragisch. Aber manchmal kommt eben was Dringendes dazwischen.«

Er deutete auf den Salat. »Pack das doch in den Kühlschrank. Dann haben wir die ganze nächste Woche was davon.«

Ich war wütend auf ihn und ziemlich sicher, dass er genau wusste, dass man das Zeug schon morgen nicht mehr essen konnte. War das seine Art, sich bei mir für die misslungene Einladung ins Fußballstadion zu revanchieren?

In ihrer Pause erschien Frau Bönisch, eine der beiden Glucken, schaufelte Salat auf zwei Teller, einen für sie und einen für Frau Hoppenkamps. Sie bedankte sich mit einem stummen Nicken und begab sich mit dem Essen zurück an ihren Arbeitsplatz.

Rainer Tisch war der Einzige, der mir beim Sekt Gesellschaft leistete. Er bedankte sich höflich für die Einladung und verputzte das Baguette und zwei Teller von dem Salat.

»Ein bisschen viel Essen für nur zwei Leute«, lästerte er.

»Ich hatte eigentlich mit mehr gerechnet.«

Er sah verwundert aus. »Wieso suchst du dir für deinen Einstand dann gerade den heutigen Tag aus?«

»Wieso nicht?«

Rainer zog einen silbern schimmernden Karton aus seiner Westentasche. »Na, weil die heute Abend alle beim Chef sind. Was meinst du, warum der heute Morgen schon weg war? Der hat noch eine Menge vorzubereiten.«

Einladung an alle ViMos zum jährlichen Midsummernights-Dream beim Bootshaus, Fasanenweg 35, stand auf der Karte. *Und denkt dran: Wie immer gute Laune und Badezeug mitbringen.*

Mir stand der Mund offen.

»Jetzt sag bloß, du hast keine gekriegt«, forderte mich Tisch auf.

»Und wieso bist du nicht dort?«, fragte ich zurück.

Er spitzte die Lippen, als wenn er sich vor etwas ekle. »Diese Festivitäten sind nichts für meinen Geschmack. Dieses Jetset-Gehabe. Von wegen Badezeug mitbringen – das brauchen die da am wenigsten.« Er zuckte die Schultern. »Nein, keine Lust.«

Wir machten noch eine zweite Flasche Sekt auf. Rainer lud mich sogar ein, ihn demnächst zum Abendessen zu besuchen, wahrscheinlich konnte man mir meinen Frust zu sehr ansehen. Ich nahm an, weil ich das nett von ihm fand.

Die dritte und vierte Flasche trank ich allein aus. Als ich auf die Uhr sah, war es schon nach sieben. Selbst die beiden älteren Damen hatten längst Feierabend. Ich wunderte mich ein bisschen, dass mich niemand hinausgeworfen hatte, weil er putzen wollte oder abschließen. Aber sicher lag das auch an der großen *ViMo*-Fete. Ich konnte mir gut vorstellen, dass sogar die von der Putzkolonne eine Einladung erhalten hatten.

Während ich den letzten Sekt hinunterkippte, drehte ich die Einladungskarte in meinen Händen, die Rainer auf dem Tisch liegen gelassen hatte. Fasanenweg. Ich wusste, wo das war. Eigentlich war es nicht weit. Man musste nur mit der S-Bahn bis zur Endstation fahren. Von da aus konnten es höchstens noch zehn bis fünfzehn Minuten zu Fuß sein.

Schließlich wurde es doch eine satte halbe Stunde. Und dann stand ich vor Adi Betzenbergs Haus. Es war ein großes, zweistöckiges Gebäude mit runden Erkern und unzähligen Zimmern. Wie geschaffen für eine Familie mit zehn Kindern. Aber selbst ich wusste, dass man sich so ein Paradies nur dann leisten konnte, wenn man sich nicht mal eins zulegte.

Die breite Toreinfahrt stand offen. Ich suchte mir einen Weg zwischen den schöngeformten Limousinen, die den Kiesweg bis auf den letzten Zentimeter beparkten.

Seitlich vom Haus standen hohe Bäume, die vermutlich eine Wiese umgaben. Von dort drangen gedämpfte Stimmen. Ich konnte bunte Lichter erkennen.

Der Sekt war schuld. Er hatte dafür gesorgt, dass ich mir bis jetzt nicht einmal die Frage gestellt hatte, was ich hier eigentlich wollte. Er ließ nicht zu, dass ich Gedanken gegeneinander abwägte und so Entscheidungen treffen konnte. Da war nur ein dumpfes Gefühl, das sich immerfort um sich selbst drehte. Das Bedürfnis, die netten Kollegen zu sehen, wie sie aus langstieligen Gläsern tranken und all die gute Laune auslebten, die sie mitgebracht hatten.

Also ging ich in den Garten.

Es war inzwischen fast dunkel. Bunte Lampions sorgten für eine verträumte, romantische Atmosphäre. Von überall her schien Gemurmel zu kommen, Auflachen und heiseres Kichern. Auf der Terrasse stand ein Mann vom Partyservice gelangweilt beim geplünderten Buffet. Bei einem Pavillon, von Scheinwerfern angestrahlt, warteten zwei Gitarren und ein Schlagzeug auf ihre Musiker, oder sie erholten sich von ihnen.

Beherrscht wurde die Szenerie von einem kreisförmigen Swimmingpool, der von unten beleuchtet wurde. Die Wasseroberfläche lag glatt und unberührt da, so dass sie nicht wie Wasser aussah, sondern wie pures Licht. Eine geheimnisvolle blaue Kulisse, die alles in ihren Bann zog.

Urplötzlich wurde die Beschaulichkeit beendet. Ein ausgelassenes Kreischen ließ mich zusammenzucken und im selben Moment schlug etwas auf der Oberfläche des Pools auf und zerstörte seine majestätische blaue Ruhe. Es war ein Mann, der von einer kreischenden Frau verfolgt wurde. Mit einem riesigen Satz sprang sie hinterher. Während die beiden auf Tauchstation gingen, trieb ihr vielleicht einziges Kleidungsstück an der Oberfläche.

Das Gartenfest war in seiner fortgeschrittenen Phase. Es gab wohl keinen auf dem Gelände, der noch nüchtern war, mich eingeschlossen. Am Rand des Pools wälzten sich mehrere Pärchen wie schwerfällig krabbelnde, achtbeinige Insekten, die vom Licht angezogen worden waren.

Vielleicht war ich der Einzige, der noch aufrecht stand, bis auf den Kellner, der mir ein Tablett mit frisch gefüllten Gläsern unter die Nase hielt.

Zum ersten Mal kam ich zu mir und ärgerte mich, hergekommen zu sein. Niemand hatte mich eingeladen. Völlig freiwillig hatte ich die Blamage auf mich genommen. Stand wie in alten Zeiten auf einem Fest und der einzige Gesprächspartner war das Glas, das ich in der Hand hielt. Die Mannschaften für diese Nacht waren längst gewählt und ich war wie immer übrig geblieben.

»Heh! Noch gar nicht gesehen heute Abend!« Frank Myllendonck gab mir einen Klaps auf die Schulter, worauf ich den Inhalt meines Glases verschüttete. »Na, hab ich dir nicht gesagt, dass Adis Feten einsame Spitze sind?«

Frank war in Begleitung einer Frau in einem kurzen, schwarzen Kleid. Ihre auffällig helle Haut stand nicht nur im Kontrast zu diesem Kleid, sondern auch zu der Farbe ihres kurzen Haars und der Augen.

»Das ist übrigens Amanda.« Frank hatte einen in der Krone. Ohne Amanda als Stütze hätte er sich niemals aufrecht halten können.

»Hallo«, sagte ich.

Amanda lächelte mir kurz zu. Merkwürdigerweise änderte das Lächeln nichts an ihrem ernsten Gesichtsausdruck. Nur eine knappe Sekunde schenkte sie mir ihre Aufmerksamkeit und trotzdem hatte ich das Gefühl, durchschaut zu werden.

»Also dann«, murmelte Frank, wedelte mit der freien Hand und schob sich, auf die Frau gestützt, an mir vorbei.

Ihm war also nicht einmal aufgefallen, dass ich nicht eingeladen worden war.

Ich begann zu schwitzen und beobachtete voller Hass und verletztem Stolz, wie sich inzwischen zwei Pärchen kichernd und prustend im Pool tummelten.

Wahrscheinlich war es niemandem aufgefallen. Ich war einfach nicht wichtig genug.

»Na, so allein?«

Penny hatte mir gerade noch gefehlt. Sie hatte nasses Haar und trug einen seidenen Bademantel im gleichen Hellblau wie das beleuchtete Wasser des Schwimmbeckens. Dunkle Flecken zeichneten die Konturen ihres nassen Körpers unter der Seide nach. Sie war also eine von denen, die kreischend im Wasser geplantscht hatten.

Mit ihr wollte ich mich jetzt am wenigsten unterhalten.

»Heh, du bist doch nicht sauer auf mich, oder so?« Penny kam hinter mir her und berührte meine Schulter, also blieb ich stehen.

»Nein, wieso denn ...«

Sie lächelte und prostete mir zu. »Komm schon, lass uns das Kriegsbeil begraben, ja?«

»Begraben?«, wiederholte ich blöde. »Welches Kriegsbeil denn?«

Sie hakte sich bei mir ein und drückte sich an mich.

Mein Herz begann loszuhämmern. Auf engen Körperkontakt war ich nicht vorbereitet. Natürlich war ich mir nicht sicher, aber es fühlte sich so an, als ob sie unter der dünnen Seide völlig nackt war.

»Du brauchst mir nichts zu erzählen«, versicherte Penny. »Ich weiß selbst, dass ich oft unausstehlich bin.« Sie kicherte los wie eine Fünfzehnjährige. »Aber so ist es nun mal. Du kannst das nicht wissen, denn dazu müsstest du mich näher kennen.«

»Ja, klar.«

»Und daran sollten wir was ändern, richtig?«

»Woran?«

»Wir sollten uns kennen lernen.«

Ich wischte mir den Schweiß von der Stirn und vergaß, dass ich das Glas noch in der Hand hielt. Zum Glück hatte ich das meiste daraus schon verschüttet.

»Also dann, wie wär's mit nächster Woche? Mittwochabend. Du kommst mich besuchen und ich koche was Schönes. Kleines Essen unter Kollegen. Abgemacht?«

Alles ging zu schnell für mich. Ich hatte längst zugesagt und Penny hatte sich einem alten Bekannten zugewandt, der aus dem Dunkel aufgetaucht war. Mit ihm war sie zum Buffet hinübergegangen.

Aber ich bereute nicht, mich verabredet zu haben. Wäre ich der Situation gewachsen gewesen, ich hätte nicht anders gehandelt.

Penny Paulussen streckte mir die Hand zur Versöhnung hin! Sie war es, die mich ansprach, während Frank mich auflaufen ließ! Na schön, ich hatte die Lage falsch eingeschätzt, aber das bedeutete nicht, dass sie hoffnungslos und verfahren war.

Eigentlich war es mir lieber so. Penny war nicht nur ein Kollege, sie war eine Frau. Noch fühlte ich deutlich den Druck ihres Körpers an meinem und roch ihr süßes Parfum. Ich fing an, sie mit anderen Augen zu sehen. Es war nicht nur so, dass sie toll aussah. Sie hatte mehr zu bieten. Ich würde sie kennen lernen und das, was daraus entstehen konnte, würde mehr sein als eine fröhliche Kumpanei, wie ich es mir mit Frank gewünscht hatte.

Ich holte mir ein weiteres Bier und beschloss, noch ein wenig zu bleiben. Alles hatte eine unerwartete Wendung genommen und meine Stimmung besserte sich von Minute zu Minute.

Möglicherweise beruhte sogar alles auf einem Missverständnis. Dass sich keiner daran erinnerte, mich nicht eingeladen zu haben, konnte auch bedeuten, dass es nur ein Versehen war. Dass im Grunde jeder davon ausgegangen war, dass ich heute hier war. Schließlich gehörte ich zur Firma. Und Penny hatte mir auch niemals ein Bein stellen wollen. Wahrscheinlich hatte sie aus irgendeiner zufälligen Bemerkung, die aus dem Zusammenhang gerissen war, geschlossen, dass Frank ein Fußball-Fanatiker war. Eine dumme Verkettung unglücklicher Umstände ...

Es war ein milder, wunderschöner Abend. Ich spazierte eine Weile über den Rasen und gesellte mich wie zufällig zu einigen Grüppchen. Ich nahm ihnen nicht übel, dass sie mich nicht zur Kenntnis nahmen. Ab und zu warf ich eine witzige Bemerkung ein, über die keiner lachte. Aber ich hatte Verständnis. Wie sollten sie lachen, wenn so gut wie alles, was ich sagte, im allgemeinen Gerede unterging?

Während sich die ersten Gäste verabschiedeten, sammelten sich die übrigen auf der Terrasse, wo der Gastgeber, auch er mehr als angeheitert, witzige Anekdoten zum Besten gab. Sein knallrotes Gesicht leuchtete wie einer der Lampions.

Ich gesellte mich dazu und wagte es sogar, in der Runde Platz zu nehmen und mich nicht mit der üblichen zweiten Reihe zu begnügen.

»Hallo, Adi«, sagte ich freundlich.

Betzenberg starrte mich an und schien für einen Moment die Luft anzuhalten. Besoffen, wie er war, brauchte er ein paar Sekunden, um mich wieder zu erkennen.

»Benno«, half ich ihm. »Der Praktikant.«

Explosionsartig ließ er die angestaute Luft aus dem Mund.

»Ach ja, richtig!« Er grinste breit. »Unser Mann fürs Feine!«

Ich grinste zurück. »Was?«

»Ein Mann fürs Feine?«, wollte ein Schönling mit einem Pferdeschwanz wissen, während er gleichzeitig vergeblich versuchte, mit seinem Feuerzeug eine Flasche Bier zu öffnen.

Adi deutete auf mich. Die Antwort aber ging an die anderen Anwesenden.

»Er hat sich als Texter versucht für unsere Kampagne«, erklärte er. »Und dabei ist wirklich Beachtliches herausgekommen. Das kann ich euch nicht vorenthalten.«

»Heh, ein neues Talent!«, kam eine Stimme von hinten. »Jetzt lass schon hören!«

»Wenn zwei sich streiten, so lautet die Message, dann schau nicht einfach zu. Tu, was du kannst, um zu helfen. Und siehe, dir wird Gutes zuteil werden!«

Allgemeines Gelächter.

»Aber ...« Ich schluckte. »So war das doch nicht gemeint!«

Die Runde war jetzt so groß, dass sich die Gäste in der zweiten Reihe drängelten. Das Johlen hatte sie angelockt.

»Nicht so gemeint!«, prusteten Leute hinter mir. »Also nicht gut gemeint, oder was?«

»Ich habe dieses Meisterwerk gleich zweimal gelesen«, verkündete Adi, der sichtlich Mühe hatte, sein eigenes Lachen bis zum Ende des Satzes zurückzuhalten, »es ist allerliebst, wirklich. Fromm und aufrecht. Ein Plädoyer für gute Werke in einer Welt der Kälte und des Werteverfalls. Das ist, so der Autor –« er konnte es kaum aussprechen, »die Pointe!«

Das Blut schoss mir in den Kopf und pochte hinter meinen Schläfen. Freiwillig hatte ich mich in diesen Hinterhalt begeben und jetzt wurde ich gnadenlos niedergeschossen.

»Moment!«, wehrte ich mich. »Ich, eh – ich dachte nur, dass eine Pointe auch gleichzeitig mit einer klaren Message, also – eh – einer Moral der Geschichte sozusagen –«

»Nimm's mir nicht übel!« Adi Betzenberg, der immer noch vom Lachen geschüttelt wurde, legte mir versöhnlich die Hand auf die Schulter. »Aber wir arbeiten mit Pointen, nicht mit der Moral der Geschichte. Wenn einer den Unterschied nicht begreift, dann ist das nicht weiter schlimm für ihn. Aber er sollte vielleicht darüber nachdenken, ob er nicht besser Messdiener wird.«

Das, was jetzt losging, war nicht einfach Lachen. Es war Brüllen. Die Frauen quiekten und die Männer schienen sich vor Lachen übergeben zu müssen.

Ich hielt mir die Ohren zu und fühlte dabei, dass die Innenflächen meiner Hände vor Nässe tropften.

8

Das Gegacker gellte noch lange Zeit in mir nach. Ich konnte nichts dagegen machen. Es war so, als hätte ich mich während einer Sprengung im Gefahrenbereich aufgehalten. Jetzt hatte ich einen Ton im Ohr und wurde ihn nicht mehr los.

In meinen Träumen weigerte ich mich, mein Zimmer zu verlassen. Ich weigerte mich sogar, aus dem Bett zu steigen und ins Wohnzimmer zu gehen oder ins Bad. Denn ich wusste, dass überall Adi Betzenberg und seine Lacher-Armee im Hinterhalt lagen. Sie warteten nur darauf, dass mein Fuß den Boden berührte, um mich unter ihrer grölenden Lawine zu begraben.

Das Wochenende über beschäftigten sich meine Gedanken mit nichts anderem, als hundert verschiedene Variationen zu erfinden, wie dieser Abend verlaufen wäre, wenn ich mich anders verhalten hätte. Natürlich wusste ich, dass das zwecklos war, vergebliche Mühe, aber ich konnte sie einfach nicht davon abhalten. So erlebte ich, wie ich alles mit einem coolen Grinsen abtat. Wie ich den leuchtenden Betzenberg in seine eigene Arroganz verstrickte und allen umstehenden Gaffern zu verstehen gab, wer hier der Messdiener war. Es ging sogar so weit, dass ich den Chef am Hemdkragen packte und ihn hochhob, bis seine Beine hilflos in der Luft strampelten. Sein rotes Gesicht sirrte wie eine überlastete Glühbirne. Dann ließ ich ihn fallen und strich meine Klamotten glatt, so wie es früher in meinen Träumen der Super-Samariter getan hatte. Ich blickte kurz in die Runde und stellte fest, dass allen das Lachen gründlich vergangen war.

Am Montagmorgen entschied ich, dass ich mich nicht wohl genug fühlte, um zur Arbeit zu gehen. Mir war klar, dass mein *Altruism*-Spot zum Witz der Firma avanciert war. Ich wollte keinen der Kollegen wieder sehen. Penny schon gar nicht. Vielleicht kannte ich sie nicht gut, aber gut genug, um zu wissen, dass sie sich nicht mit einer Lachnummer wie mir abgeben würde.

In *Sag mir dein Geheimnis* diskutierten ein Verrückter, der sich für Mao Tse-tung hielt und einer, der glaubte, Leutnant Worf vom Raumschiff Enterprise zu sein, über die aktuelle Lage der Welt. Mao predigte die Weltrevolution unter besonderer Berücksichtigung der freien Liebe, während der Klingone die Gründung einer Partei anmahnte, die sich ausdrücklich für die Rechte der außerirdischen Minderheit einsetzte. Die Studiogäste klatschten brav an den entsprechenden Stellen und schmunzelten über die beiden Verrückten.

Mir wurde klar, dass es nichts Schöneres geben kann, als das Gefühl, normal zu sein. Ein Klatscher unter Tausenden, ein Lacher unter Hunderten. Es ist schöner als ein Sonnenuntergang über der Ägäis und begehrenswerter als ein Anwesen in Malibu. Natürlich kehrt man gerne den Individualisten heraus und weist alles Anpasslerische von sich weg. Aber das ist nur Gehabe. Letztlich zählt nur das: mitklatschen, mitlachen. Zum Rudel gehören.

Mir dagegen blieb nur, auf die Gründung der Klingonen-Partei zu warten, damit ich ihr beitreten konnte.

Dienstag, gegen Mittag, ging das Telefon.

»Heh, Bruderherz! Ich bin erstaunt, dass ich dich lebend antreffe!«

»Was willst du, Henning?«

»Was ich will? Gerade habe ich zufällig meinen alten Freund, Adi Betzenberg, angerufen und da erfahre ich, dass du seit letzte Woche nicht mehr zur Arbeit gekommen bist.«

»Ich bin krank, nichts weiter.«

»Davon hast du ihm aber nichts gesagt.«

Mein Bruder Henning war der Letzte, an den ich mich vertrauensvoll gewandt hätte. Aber er war nun einmal auch der Einzige. Und somit der Erste.

»Merk dir eins, Prediger«, erklärte er feierlich, nachdem ich gerade einmal zwei Sätze über mein Problem verloren hatte, »ich habe dir diesen Job verschafft. Und du schmeißt ihn einfach wieder hin. Und warum? Weil du ein Langweiler bist. In dieser Branche hat man kein Verständnis für Langweiler.«

»Du meinst also, ich habe ganz richtig gehandelt.«

»Quatsch! Geh aus dir heraus. Ein wenig Selbstdarstellung kann nicht schaden. Du hast den Dreh nicht raus.«

»Welchen Dreh?«

»Wenn du unter Menschen willst, dann geht man nicht zu einem hin und sagt: Hallo, ich will Leute kennen lernen, willst du mein Freund sein.«

»Was du nicht sagst.«

»Es geht nach Angebot und Nachfrage.«

»Klar doch.«

»Wenn du willst, dass die Leute scharf auf dich sind, mach dich rar. Wie oft soll ich dir das noch einbläuen? Sei gefragt. Lass sie abblitzen. Du würdest schon gerne, aber dein Terminkalender quillt über.«

»Welcher Terminkalender denn?«

»Das weiß doch keiner! Das ist die Masche, du Idiot! Wenn du jedem erzählst, du bist ein Ladenhüter, dann will dich keiner kaufen! Also, sei ein Renner. Sag den Leuten, sie sollen sich hinten anstellen. Dann wollen sie nur noch dich haben, glaub mir.«

Henning schien keine hohe Meinung von den Leuten zu haben. Vielleicht war das sein Erfolgsrezept.

»Die Leute denken, ein Artikel sei ein Ladenhüter, weil er sich nicht verkauft. Dabei ist es umgekehrt. Ein Artikel verkauft sich nicht, weil er ein Ladenhüter ist. Denk drüber nach.«

»Aber jetzt hör mir doch mal zu. Ein einziges Mal, Henning. Ich sagte doch ...«

»Moment!«

Durch das Telefon hörte ich das Schrillen eines anderen Telefons.

»Bleib dran«, sagte Henning. »Dauert nicht lange.«

Henning war ein gefragter Mann.

»Oder besser«, meldete er sich nach ein paar Sekunden, »ich rufe zurück. Sobald ich kann.«

Ich legte auf.

Sei ein Renner. Hör auf, ein Ladenhüter zu sein. Henning war nur zufällig mein Bruder. Er und ich, wir waren nicht nur völlig verschiedene Menschen, die völlig verschiedene Sprachen sprachen. Wir standen auf verschiedenen Seiten. Ich war der Klingone und er gehörte zu den amüsierten Klatschern. Er saß mit Typen wie Adi Betzenberg im selben Studio. Leute wie ich waren für ihn nicht wirklich, man konnte sie abschalten per Knopfdruck.

Ich hatte nichts mit ihm gemein.

9

Trotzdem nahm ich mir einen seiner Ratschläge zu Herzen. Geh aus dir heraus, hatte er gesagt. Ein bisschen mehr Selbstdarstellung kann nicht schaden.

Richtig war, wenn die Leute mich für jemand anderen hielten, dann gab es für sie keinen Grund, mich nicht nett zu finden. Schließlich wussten sie ja nicht, dass hinter der Maskerade ich steckte. Alles hing davon ab, dass die Fassade echt wirkte.

Zunächst einmal musste ich lernen, wie man so etwas machte. Also ging ich aus mir heraus.

Die Gelegenheit ergab sich schon einen Tag, nachdem ich wieder bei *Visions & Moments* erschienen war. Penny platzte, wie üblich ohne anzuklopfen, in mein Zimmer. Sie hatte das linke Ohr von seinem Stöpsel befreit.

»Soviel ich mich erinnere«, sagte sie mit einem Schmollmund, »wolltest du mich besuchen kommen. Zum besseren Kennenlernen. Schon vergessen?«

Obwohl ich mich öffentlich zum Narren gemacht hatte, hielt sie zu mir. Das war allerhand.

»Klar«, grinste ich. »Das heißt, nein. Natürlich nicht.«

Am liebsten hätte ich schon für heute Abend zugesagt. Aber eine leise, innere Stimme hielt mich davon ab.

Es war Hennings Stimme.

»Nur – im Moment«, ich kratzte mich am Kopf, »ist es schlecht. Diese Woche geht's leider nicht. Und am Wochenende habe ich netten Besuch. Den kann ich leider nicht mehr absagen.«

»Ach!« Ihr Lächeln verwelkte und ihre Stimme war eine Oktav höher. »Kenne ich sie?«

»Eine uralte Bekannte.«

Sie taxierte mich neugierig. »Wetten, dass sie gar nicht so alt ist?«

»Nun, ich meine, dass das mit uns schon lange vorbei ist. Trotzdem sehen wir uns dann und wann.«

»Tja dann, schade ...«

Penny machte ein untröstliches Gesicht und wandte sich zur Tür.

Ich wartete ab, obwohl es mir schwer fiel. Ein dämlicher Idiot war ich, dass ich die einzige Chance, die sich mir bot, achselzuckend verstreichen ließ.

In der Tür blieb sie stehen. »Und nächste Woche?«

Es klappte tatsächlich! Henning war ein Genie.

»Klar, könnte hinhauen«, sagte ich.

»Wie wär's zum Beispiel mit Dienstagabend?«

»Abgemacht. Aber vielleicht ist es besser, du kommst zu mir. Nur für den Fall, dass mein Bruder anruft. So hätten wir mehr Zeit.«

Penny deutete ein Schulterzucken an. »Mal sehen.« Sie zog die Tür zu, steckte aber kurz vorher noch einmal den Kopf herein: »Ich sag dir Bescheid.«

Sie machte immer sehr pünktlich Feierabend.

Ich verließ die Firma schon kurz vor ihr und handelte mir einen skeptischen Blick von Rainer ein.

Es war nicht schwer, Penny unauffällig zu folgen. Sie wohnte nicht weit von der Agentur weg, nur zehn Minuten zu Fuß. Unterwegs verbrachte sie allerdings fast eine Viertelstunde in einer Parfumerie, während ich im Tabakladen gegenüber dreimal dasselbe Comic-Heft durchlas.

Ihre Wohnung lag im zweiten Stock eines Reihenhauses mitten in einer verschachtelten Häuserzeile aus rotem Backstein. Als postmodernes Element war die Wohneinheit zur Straße hin von einem Geäst aus bunt lackierten

Stangen umgeben, die verspielt aussehen wollten, stattdessen aber den Eindruck erweckten, als würde die Fassade zurzeit von einer Kindergartengruppe renoviert. Die Stangen verliefen vom flachen Dach an den Ecken der Balkone entlang bis zum Boden.

Von dort rankte sich allerhand Grünzeug hoch.

Das Gerüst gab es auch auf der straßenabgewandten Seite. Außerdem Garagen und ein Rasenstück, auf dem eine Schaukel stand.

Das also war Pennys Zuhause: eine friedliche, kleinbürgerliche Wohnanlage, stadtnah und nicht unkomfortabel. Wahrscheinlich gar nicht mal teuer, denn die Grenze des knapp bemessenen Hinterhofes bildeten die Gleise der S-Bahn, die alle drei Minuten vorbeiratterte. Wenn man den Bahndamm hinaufkletterte, hatte man den besten Einblick in Pennys Wohnung.

Leider konnte man das Badezimmer nicht einsehen, da es mit Rauglas ausgestattet war. Penny nahm als Erstes eine Dusche, nachdem sie die Balkontür geöffnet und die Musik so laut aufgedreht hatte, dass selbst ich sie hören konnte. Es war monotones Techno-Gestampfe, gegen das der S-Bahn-Lärm wie eine lyrisch verspielte Melodie wirken musste, jedenfalls für jemanden, der in der Wohnung war. Was mich anging, so wurde ich durch das Herannahen der Bahn völlig überrascht, verlor das Gleichgewicht und rutschte ab. Nachdem ich mich aus einem völlig verschmutzten Sandkasten aufgerappelt hatte, hielt ich es für besser, die Observation vorerst zu beenden.

Aber ich kam zurück. Schon am selben Abend, es war spät und die S-Bahn-Frequenz hatte deutlich abgenommen. Die Sicht war jetzt viel besser, da ich aus dem Dunkel die erleuchteten Fenster beobachtete, noch dazu mit einem Fernglas. Es war besser als Fernsehen. Es war wie im Kino.

Penny war aus gewesen und vor ein paar Minuten erst zurückgekehrt. Sie war nicht allein. Ihr Begleiter war ein

Schönling mit glattem Gesicht und glattem Haar, das er sich zärtlich zurückstrich, während er im Fenster sein Spiegelbild bewunderte.

Sie tranken etwas, dann telefonierte Penny endlos, was dem Glatten allmählich auf die Nerven ging. Er versuchte, auf sich aufmerksam zu machen, aber darüber gerieten sich die beiden in die Haare. Schließlich packte er sein Jackett und machte sich davon. Penny telefonierte ungerührt weiter, sie tat es immer noch, als ich Feierabend machte.

Viel hatte ich nicht herausbekommen, aber es hatte sich dennoch gelohnt. Was hatte sie mit dem Glatt-Gesicht zu schaffen? Wollte sie ihn auch erst näher kennen lernen, oder hatten sie das schon hinter sich? Mir fiel ein Film ein, den ich mal gesehen hatte, in der ein Mann genau in meiner Situation gewesen war. Er hatte die Frau schließlich beschuldigt, ein doppeltes Spiel zu spielen, was lediglich zur Folge gehabt hatte, dass sie von seiner Spioniererei Wind bekommen hatte. Was ihren angeblichen Verehrer anging, so stellte sich heraus, dass es ihr Bruder war.

Es war gut, sich an solche Filme zu erinnern. Man konnte aus Fehlern lernen. Ich nahm die Möglichkeit, dass Penelope Paulussen heute Abend Besuch von ihrem Bruder gehabt hatte, durchaus ernst. Und sie würde von meiner Observation nie etwas erfahren.

Amanda Schweikert-Jüngling ist an dieser Phase meines Planes, aus mir herauszugehen, sehr interessiert. Ob es mich aufgeregt habe, in fremde Fenster zu starren, will sie wissen. Oder ob ich eigentlich nur deswegen mit meinem Fernglas losgezogen sei, weil ich gehofft habe, irgendwelche sexuellen Dinge zu sehen, möglicherweise sogar Abartiges, um mir auf diese Weise Befriedigung zu verschaffen?

Wieder einmal ist sie auf dem falschen Dampfer. Amanda begreift nicht, dass es meine Rolle ist zuzuschauen. Die anderen haben den Sprung ins pralle Leben geschafft, während ich immer noch draußen stehe und mir die Nase an der Scheibe plattdrücke. Warum hört sie nicht zu, wenn ich ihr etwas erkläre?

Wenn dir keiner Karten gibt, dann kannst du das Spiel und seine Regeln nur auf eine Art und Weise lernen: Du musst den Leuten in die Karten gucken.

Bezüglich Frank Myllendonck habe ich es genauso gehalten.

Ihm konnte ich aber nicht einfach so hinterhergehen. Frank fuhr einen schnellen Sportwagen und ich machte zwei Vesuche, ihm mit einem Taxi zu folgen. Er entkam jedes Mal.

Also stahl ich mich an seinem freien Tag in sein Zimmer und fand seine Adresse auf einem privaten Briefumschlag, der in seiner Schreibtischschublade lag.

Frank verbrachte nach dem Feierabend nicht viel Zeit zu Hause. Er zog sich nur um und radelte in T-Shirt und Jogginghose in den Grüngürtel, wo er Speckbrett spielte. Stundenlang schwang er die alberne Keule, die wie der klobige Versuch eines Steinzeitmenschen aussah, einen Tennisschläger nachzubauen. Weiß der Himmel, was er an diesem Sport fand, wahrscheinlich kokettierte er mit exotisch Proletarischem in einer Zeit, wo jeder Hinz und Kunz sich eine Tennisausrüstung leistete. Zwei Abende hockte ich auf dem Grashügel gegenüber und sah Frank und seinem Spielpartner zu, wie sie auf dem Aschenplatz hin- und herhasteten, zwei Raubtiere in einem Käfig, und lauschte dem Tok-Tok des Balls.

Ich kam zu dem Schluss, dass es nicht schaden konnte, wenn auch ich dieses Spiel erlernte. Möglicherweise konnte ich auf diese Weise das Loch flicken, das meine angebliche Fußballbegeisterung in unsere Bekanntschaft gerissen hatte.

Und je mehr ich darüber nachdachte, desto klarer wurde mir, dass das Speckbrett der goldene Weg zur Freundschaft mit Frank Myllendonck war.

Also kaufte ich mir ein Speckbrett. Vom Zuschauen zu urteilen, schien mir die Handhabung des Schlägers nicht allzu schwierig zu sein. Mein Problem war, jemanden zu finden, der bereit war, gegen mich zu spielen. Ich kannte das Problem, schon lange, bevor ich mir den Schläger kaufte. Warum sollte es beim Speckbrettspiel auch anders zugehen als überall sonst im Leben? Man betrat den Käfig nur pärchenweise. Ein Einzelner mit einem Schläger, das war nicht vorgesehen.

Möglichst auffällig mit dem Brett hantierend, trieb ich mich am Rand des Spielfeldes herum, hörte auf das endlose Tok-Tok hinter mir und betrachtete die eintönige Umgebung durch die Löcher meines Speckbretts. Ein Spielplatz, Wiesen mit Frisbeespielern, ein Industriegebiet mit einem Getränkemarkt, vor dem Gabelstapler wie mechanische Insekten rangierten.

Ich hielt lange aus in der Hoffnung, dass mich jemand zum Spiel aufforderte. Am liebsten wäre mir natürlich Frank Myllendonck gewesen.

»Heh, was machst du denn hier?«, wunderte er sich, als er mich eines Tages bemerkte.

»Dasselbe könnte ich dich fragen«, gab ich locker zurück.

Frank holte mit dem Schläger aus und ließ die Luft durch die Löcher pfeifen. »Ganz einfach, ich spiele hier immer. Alle paar Tage.«

»Tja, das nenne ich Zufall«, sagte ich. »Wie gesagt, ich bin neu in der Stadt und will hier ein bisschen Sport treiben, um in Form zu bleiben. Und jetzt bin ich hier.«

Myllendonck grinste, aber er schien mir nicht zu glauben. Ich ahnte, dass ich einen Fehler gemacht hatte, indem ich das alles als Zufall getarnt hatte.

Immerhin hatte Frank erst neulich erwähnt, dass er Speckbrett spielte.

»Also gut«; lachte er. »Dann sind wir ja jetzt Kollegen im doppelten Sinne, was? Willkommen im Club.«

Ich schüttelte seine Hand.

»Aber das heißt nicht«, fügte er scherzhaft hinzu, »dass wir anschließend auch gemeinsam duschen gehen.«

Das traf mich wie ein Schlag. Mein Grinsen hakte sich fest und meine Schweißdrüsen fuhren eine Sonderschicht. Ich starrte meinen Kollegen an, der jetzt sein Rad bestieg und mir mit dem Speckbrett zum Abschied zuwinkte.

»Also dann! Wir sehen uns ja noch öfter!«

Das Merkwürdige war, dass ich Frank genau von dem Tag an, da ich mich ihm als potentiellen Spielpartner bekannt gemacht hatte, nur noch selten auf dem Platz sah. So hatten wir auch nie Gelegenheit, ein Spiel gegeneinander zu spielen.

Dafür spielte ich mit Amanda, seiner Freundin.

Es war das erste Spiel, das ich überhaupt spielte, nachdem ich etliche Stunden am Spielfeldrand zugebracht hatte.

»Wir kennen uns doch von Adis Fete, oder nicht?«, begrüßte mich Amanda.

Offenbar hatte Frank auch ihr nichts davon gesagt, dass er neuerdings auf einem anderen Platz spielte. So standen wir eine Weile nebeneinander – sie wartete auf Frank und ich tat so, als ob ich auch auf jemanden wartete.

»Wenn du willst, könnten wir inzwischen ein kleines Spiel machen, zum Aufwärmen«, schlug sie vor. Sie trug etwas Sportliches, Hautenges, aber nicht in den üblichen Fitness-Farben Grün und Pink, sondern in Dunkelgrau, was ihren bleichen Teint besonders zur Geltung brachte.

»Warum nicht?«

»Das heißt natürlich, wenn du noch Anfänger bist ...«

»Das schon, aber ich glaube, ich kann's schon ganz gut.«

Ich bin nicht der Typ, der zum Angeben neigt. Ich versuche, mich aus der Affäre zu ziehen, und gehe dabei oft in die falsche Richtung.

Wir hatten nur wenige Ballwechsel, bis meine Blamage offensichtlich war. Die Handhabung des schweren Bretts erwies sich als schwieriger, als ich gedacht hatte.

»Warum hast du nicht gesagt, dass du zum ersten Mal spielst?«

»Ich – eh ...« Weil ich ein Trottel war!

Amanda kam auf meine Seite herüber und ließ dabei den Ball auf ihrem Schläger tanzen.

»Schon gut. – Ich frage mich nur, wo Frank bleibt.«

Ich war mir sicher, dass sie meine Nervosität bemerkte und den Schweißgeruch einatmete. Sie konnte gar nicht anders. Aber sie machte sich nicht davon wie die meisten und versuchte auch nicht krampfhaft so zu tun, als bemerke sie nichts.

Zweimal vergrößerte ich den Abstand zwischen uns und sie holte mich wieder ein. Es machte mich erst recht nervös, dass sie direkt neben mir stand und mich ständig zu beobachten schien.

»Also dann ...«, verabschiedete ich mich.

Ich hatte genug für heute. Und ich hatte das Gefühl, dass es gerade meine ängstliche Verlegenheit gewesen war, die Amanda angelockt hatte ...

Eigentlich hasste ich Frank schon damals, als er mir unterstellte, ich sei scharf darauf, mit ihm zusammen zu duschen. Aber ich beschloss, das Projekt Myllendonck vorerst ruhen zu lassen und vielleicht später weiterzuverfolgen. Immerhin war ich von meiner geplanten Vorgehensweise abgewichen. Anstatt ausschließlich zu beobachten und nützliches Wissen über meine Kollegen zu sammeln, hatte ich viel zu früh mein Versteck verlassen und mich dadurch Frank geradezu aufgedrängt. Ich hatte mich nicht zu beklagen, dass das nicht geklappt hatte.

Am Wochenende ließ ich mindestens drei Stunden Fernsehen ausfallen, um in der Wohnung Unordnung zu machen. Das hört sich einfacher an, als es ist. Es sollte kein beliebiges, unordentliches Chaos entstehen, sondern eines, das nach Lotterleben aussah. Es hatte keinen Sinn, Stühle umzuwerfen oder Schubladen auszuräumen, so wie es in Gangsterfilmen oft geschieht, wenn das FBI eine

Wohnung durchsucht. Ich musste meiner Behausung ein anderes Gesicht verpassen.

Bis jetzt war sie aufgeräumt, langweilig und bieder. Hier wohnt einer, der nie Besuch bekommt, verkündete sie. Nie einen Anruf. Wer sollte den braven Mann auch anrufen? Er ist ein Nichtraucher, pünktlich und zuverlässig, der jede zweite Woche seinen Teil des Treppenhauses putzt. Er hat nicht einmal einen Hund. Der ideale Nachbar. Geräuschlos, geruchlos, konturlos.

Am Sonntagnachmittag gab es zwei überquellende Aschenbecher in meinem Wohnzimmer, einen im Schlafzimmer und einen im Badezimmer. Letzterer stand auf dem Rand der Badewanne. Für einen Nichtraucher wie mich war es gar nicht einfach gewesen, Asche und gebrauchte Kippen zu besorgen, schließlich wusste ich keinen Laden, wo man so was kaufen konnte. Also hatte ich öffentliche Aschenbecher auf Autobahn-Raststätten geplündert und Kippen an einer Bushaltestelle aufgesammelt. Ich hatte neue Weingläser gekauft, mit Rotwein gefüllt und zur Hälfte wieder ausgegossen. Die meisten hatte ich mit einem Lippenstiftabdruck versehen.

Einen ganzen Karton CDs mit Musik, die ich nicht ausstehen konnte, verstreute ich auf dem Boden vor meiner Musikanlage – meine Schubert- und Brahms-Kassetten verschwanden vorerst im Wäscheschrank.

Ab sofort hörte ich auf damit, die Treppe zu putzen. Leider würde diese Maßnahme nicht sofort greifen. Meine Nachbarin würde ein paar Wochen abwarten, bevor sie mich an meine Pflicht erinnerte. Ich hatte dann nur dafür zu sorgen, dass Penny zu diesem Zeitpunkt zufällig zu Besuch war. Nicht gerade einfach, aber es lohnte sich, denn ich stellte mir vor, dass es kaum deutlichere Zeichen dafür gab, kein Spießer zu sein, als wenn man sich weigerte, die Treppe zu putzen.

Ich ging sogar noch weiter und drehte am Sonntagabend, nach zweiundzwanzig Uhr, den CD-Lärm so laut, dass selbst die Leute, die auf der Straße auf den Bus warteten, sie noch hören mussten. Fast eine halbe Stunde verbrachte ich im Bett, wo ich mich unter der Decke verkroch und zwei Kissen auf die Ohren presste.

Dasselbe wiederholte ich am Montagabend. Tina Engelbrecht, meine Nachbarin, hielt es nicht mehr aus. Sie klingelte an meiner Tür, klopfte mehrmals und rief etwas, das durch das leere Treppenhaus hallte. Wegen des Lärms war es nicht zu verstehen, aber schließlich konnte ich mir denken, was sie sagen wollte. Ich öffnete nicht, aber schaltete die Musik zwei Minuten später abrupt ab und machte überall in der Wohnung das Licht aus. Wenn die Engelbrecht schon die Polizei verständigt hatte, dann würde sie erklären müssen, was sie an der nächtlichen Grabesstille so ohrenbetäubend fand.

Den Montag hatte ich mir freigenommen und mit Einkaufen verbracht. Ich kaufte Feuchtigkeitscreme, Gesichtsmilk, Parfum, diverse Make-ups und Tampons. Es fiel mir nicht leicht, diese Artikel zu erwerben, und ich wagte nicht, der Kassiererin in der Parfumerie ins Gesicht zu sehen. Sie musste mich für einen Transvestiten halten.

»Das macht dann zusammen einhundertzwölf Mark fünfundneunzig«, sagte sie.

»Für meine Frau«, grinste ich, während ich ihr mit rotem Kopf den Zweihunderter hinhielt. Das machte es nur noch schlimmer.

Die Döschen, Tuben und Fläschchen drapierte ich in meinem Badezimmer. Außerdem eine Zahnbürste in einem weiblichen Farbton. Das Glanzstück des Bühnenbildes war ein schwarzer Büstenhalter mit Spitzen, den ich im Kaufhaus erworben hatte, zusammen mit zehn Paar Herrensocken und zwei Muscel-Shirts, um die Aufmerksamkeit der Verkäuferin von ihm abzulenken. Auch der BH war für das Bad bestimmt. Ich hängte ihn direkt neben die Handtücher über die Stange, nicht bevor ich ihn ein paar Stunden in einer mit Parfum angereicherten Wasserlösung eingelegt hatte. Schließlich hing alles davon ab, dass er gebraucht aussah.

Montagabends, unmittelbar bevor die Musik losdröhnte, machte ich noch einen letzten Kontrollgang durch meine Wohnung. Ich fand, dass ich allen Grund hatte, zufrieden zu sein. Mein ehemals biederes Domizil sah aus wie die Bude eines Playboys, der jede Nacht durchfeierte und dessen Verehrerinnen so zahlreich waren, dass er aufgegeben hatte, sie voreinander zu verheimlichen.

Alles war bereit. Penny konnte kommen.

10

»Bin leider noch nicht zum Aufräumen gekommen«, brummte ich, während ich die Tür aufschloss.

Ich hatte Penny unten auf der Straße abgepasst, das war genauso notwendig für meinen Plan wie die Tatsache, dass sie mich besuchte und nicht umgekehrt. Schließlich konnte ich nicht schulterzuckend auf das Chaos hinweisen, wenn ich schon einen ganzen Tag darin verbracht hatte, ohne einen Finger zu rühren.

Unter den einen Arm hatte ich zwei Flaschen Wein geklemmt, unter den anderen mein Speckbrett – die Insignien eines unkonventionellen Lebensstils. Penny warf einen Blick auf das Durcheinander, der genau die richtige Mischung aus Ekel und Bewunderung ausdrückte.

»Hier ist es ja hoch hergegangen«, sagte sie.

»Eine kleine Fete am Wochenende«, erklärte ich beiläufig. »Kennst du ja. Danach kannst du wochenlang aufräumen.«

Ich musste mich bremsen. Es war ziemlich wichtig, dass mir der Zustand meiner Wohnung mehr oder weniger gleichgültig war. Es drängte mich aber, ihn zu präsentieren wie eine Sehenswürdigkeit.

»Was willst du trinken?«

Penny hatte sich in Schale geworfen. Himmelblaues Kostüm, weiße, tief dekolletierte Bluse. Auf den ersten

Blick erinnerte sie an eine Stewardess. Auf den zweiten fiel mir das filigrane Halskettchen in Silber auf und ich fragte mich, ob ihr Intimschmuck, von dem sie gesprochen hatte, von der gleichen Art war.

»Wasser, wenn du hast«, antwortete sie, die Armada von Weingläsern auf dem Couchtisch begutachtend. Dann spazierte sie langsam in die Ecke hinüber, wo ich die coole Musik ausgelegt hatte.

»Da blinkt etwas«, informierte sie mich.

»Mein Anrufbeantworter!« Alles lief genau nach Plan. »Wahrscheinlich ist wieder jede Menge drauf.«

Den Anrufbeantworter hatte ich eigentlich als eine Art Wunderwaffe konzipiert. Leider war die Sache dann doch gar nicht so leicht zu realisieren gewesen. Dreimal hatte ich angerufen, zweimal als mein Bekannter, der mich zu einer Party einlud, und einmal war ich ein alter Kumpel, der gerade aus Australien zurückgekehrt war. Aber woher sollte ich Frauenstimmen nehmen? Die waren der eigentliche Clou der Sache! Ohne weibliche Stimmen konnte ich mir die Blenderei ganz sparen.

Schließlich gab ich mich mit Stimmen aus dem Radio zufrieden. Eine stammte aus einem Hörspiel, die andere aus einem Wunschkonzert. Dann hatte ich noch eine in Englisch. Kaum zu verstehen, aber immerhin weibliche Stimmen.

Es klingelte.

»Moment«, sagte ich und ging zur Tür.

Im Flur stand Tina Engelbrecht, meine Nachbarin. Eine füllige, aber nicht unattraktive Frau um die dreißig, die sich für ihre Stimme einen Schalldämpfer zulegen sollte. Da zwischen ihren Fenstern und meinen nur ein kleiner Innenhof lag, kannte ich sie besser, als sie dachte.

»Entschuldigen Sie, aber das geht wirklich nicht.«

»Guten Tag, Frau Engelbrecht. Was ...«

»Gestern Nacht, das war ja ein ohrenbetäubender Lärm!«

»Tut mir Leid.«

Ich zuckte bedauernd die Schultern und spürte Penny hinter mir. Sie stand im Durchgang zum Wohnzimmer und verstand jedes Wort.

»Gestern ist es leider etwas laut geworden. Ich garantiere Ihnen, das nächste Mal ...«

»Andere Leute im Haus wollen gerne schlafen. So etwas darf nicht mehr vorkommen.«

»Also gut. Versprochen.«

Sie drehte bei und ich beglückwünschte mich innerlich. Immer noch lief die Sache genauso, wie sie sollte.

Ich startete den Anrufbeantworter.

»Heh, Benno, altes Haus! Wo steckst du bloß?«, meldete sich meine verstellte Stimme. »Hast du schon unsere Verabredung vergessen? Den Zug durch die Gemeinde, wie in alten Zeiten? Ich zähle auf dich. Also bis dann.«

Mit etwas tieferer Stimme erinnerte ich mich noch an die nächste Doppelkopf-Runde und an eine Grillparty in der nächsten Woche. Dazwischen sagten die Frauen aus dem Radio ihren Spruch auf und den Abschluss bildete der australische Freund mit seinem merkwürdigen englischen Akzent.

Penelope Paulussen ließ sich nichts anmerken, aber ich war mir sicher, dass sie beeindruckt war. Ich erwartete auch nicht, dass sie darauf bestand, die Anrufer wieder und wieder zu hören. Sie sollte nur zur Kenntnis nehmen, dass meine Bekanntschaften zahlreich und weltumspannend waren.

Sie war erst wenige Minuten hier, als sie den Wunsch äußerte zu duschen. Eine seltsame Idee, wie ich fand, um einen Abend bei einem praktisch unbekannten Arbeitskollegen zu beginnen, aber mir passte es hervorragend. Das Badezimmer war speziell für sie präpariert.

Eine halbe Stunde später verließ sie das Bad, mit nichts anderem bekleidet als einem atemberaubenden Body. Sie aalte sich auf der Couch und verlangte nach einem Glas Wein.

»Sag mal, deinen Bruder, siehst du den oft?«

»Ach was. Eigentlich so gut wie nie. Und das ist noch zu oft.«

»Also versteht ihr euch nicht besonders.«

Ich zuckte die Schultern. »Er schon. Aber ich nicht.«

Immer wieder kam sie auf das Thema zurück. Ich war fest davon ausgegangen, dass jetzt der schöne Teil des Abends begann, aber sie schien sich in den Kopf gesetzt zu haben, ihn mit Nebensächlichkeiten zu verquasseln. Dein Bruder Henning, wie ist der denn so? Dein Bruder Henning, was dreht der denn zurzeit für Filme? Irgendwann konnte ich es nicht mehr hören.

»Jetzt lass uns doch endlich mit meinem Bruder aufhören, ja?«, bat ich. »Haben wir denn im Moment nichts Schöneres vor?«

Penny sah toll aus in ihrem blütenweißen Body. Sie fühlte sich toll an.

Sie kuschelte sich an mich. »Hör mal, könntest du mich ihm nicht mal vorstellen?«

»Dich? Wem?«

»Na, wem schon?« Sie hauchte in mein Ohr und ich spürte die Wärme ihrer Lippen. »Deinem Bruder natürlich.«

»Also, Penny! Wozu denn das? Er ist überhaupt nicht dein Typ, glaub mir doch! Henning ist fett und kratzt sich alle fünf Minuten am Hintern. Ich wüsste nicht, wozu ...«

Sie rückte von mir ab, musterte mich skeptisch und schüttelte dann langsam den Kopf. »Offenbar kapierst du nicht. Was interessiert mich, ob oder wie oft er sich wo kratzt? Er ist Filmemacher, richtig? Ich will schließlich nicht mit ihm ins Bett. Nur in einen seiner Filme!«

»Aha!«, rief ich, triumphierend und wütend zugleich. »Darum geht's also nur. Mein Bruder, das Sprungbrett zur großen Karriere. Und ich, der kleine Bruder, das Sprungbrett zum großen Bruder, was?«

Penny fasste sich an den Kopf. »Mensch, bist du naiv.«

»Deshalb spielst du mir also diese alberne Show vor.«

Sie stülpte die Lippen vor, aber es wurde kein Schmollmund daraus. Ihr Gesicht war der Spott persönlich.

»Alberne Show, sagst du?« Sie baute sich vor mir auf. Breitbeinig stand sie vor mir, die Fäuste in die ausladenden Hüften gestemmt. »Du hast es gerade nötig, so etwas zu sagen.«

»Ich? Was soll das heißen?«

Penny lachte höhnisch auf. »Für wie blöd hältst du mich? Spielst mir den coolen Typen vor. Ein bisschen Kalte-Feten-Atmosphäre. Rotwein-Ränder auf dem Tisch, selbst gemachte Anrufe. Und du erzählst mir was von einer albernen Show?!«

Schweiß sammelte sich auf meiner Stirn. Tropfenweise kam er aus den Achselhöhlen gekrochen und machte sich auf den Weg abwärts. Wieso konnte sie das alles mit einem Blick durchschauen?

»Was soll der Quatsch!«, stotterte ich und versuchte ein Grinsen. Aber meine Mundwinkel gehorchten mir nicht und so rutschte das Grinsen von meinem Gesicht ab wie ein Bild von einer glatten Wand. »Du phantasierst wohl ...«

»Dabei hast du dir solche Mühe gegeben!«, bedauerte sie mich heuchlerisch. »Fährst jede Menge Kosmetik im Bad auf. Alles nagelneu. Die Deckelfolie ist ja noch unbeschädigt!«

Sie hatte Recht. Warum hatte ich nicht wenigstens eine von den Dosen geöffnet!

Aber es kam noch schlimmer: Penny stolzierte ins Bad und kam mit einem schwarzen Kleidungsstück wieder heraus, das sie mir vor die Füße schleuderte. »Und der BH sollte mir weismachen, dass du jede Nacht eine andere im Bett hast, was? Wirklich, ein toller Frauenheld bist du! Die Frau musst du mir mal vorstellen, die mit einem BH herumläuft, an dem noch das Preisschild hängt!«

Meine Niederlage war komplett. Unfähig, mich zu rühren, hockte ich immer noch auf der verdammten

Couch. Mein Gesicht glühte und mein ganzer Körper war so nass, als wäre ich in einen Wolkenbruch geraten.

Penny Paulussen hatte sich wieder angekleidet und stöckelte hoch erhobenen Hauptes zur Tür. Mit der Hand auf der Klinke drehte sie sich noch einmal um.

»Der ganze Zirkus, den du abziehst, der ist mir egal, weißt du. Aber ich habe nun mal nichts übrig für Angeber und Schwindler. Und für arme Schweine schon gar nicht.«

Damit verschwand sie.

Ich brauchte noch eine ganze Weile, bis ich wieder halbwegs klar denken konnte. Und dann wusste ich, dass ich sie nicht gehen lassen durfte.

11

Wieder einmal war ich fest entschlossen, die Firma nicht mehr zu betreten. Schließlich konnte ich mir genau ausmalen, was mich erwartete. Nachts träumte ich davon, dass Penny mir vor allen Anwesenden die Hosen herunterzog und zwischen meine Beine deutete: ›Hab ich's euch nicht gesagt, er hat das Preisschild dran hängen lassen!‹ Worauf alle wie verrückt losgackerten.

Gegen Morgen kam mir sogar der Gedanke, meinen Bruder einzuschalten. Er sollte seinen alten Freund Adi Betzenberg anrufen und ihm knapp, aber unmissverständlich klarmachen, dass man seinen Bruder mit allem Respekt zu behandeln habe. Das war natürlich eine Schnapsidee. Henning hatte ich die Sache zu verdanken. Henning und seiner starken Persönlichkeit, seinem Ruhm und seinem Erfolg.

Am nächsten Morgen fand ich mich wieder an meinem Schreibtisch bei *Visions & Moments* ein. Die Paulussen hatte mir einen Schlag versetzt, aber sie durfte nicht erleben, dass sie mich in die Knie gezwungen hatte. Außerdem sah sie, die sich mir ausschließlich aus Karrieregründen an den Hals geworfen hatte, auch nicht gerade gut in der Sache aus.

Wir würdigten einander keines Blickes, aber wir hielten den Mund. Es war wie bei zwei Gangstern, die gezwungen sind, einander zu decken, weil sie beide Dreck am Stecken haben.

Auf einem Zettel, den ich neben meinem Computer vorfand, mahnte Tisch ein weiteres Brainstorming in Sachen *Altruism* an. *Schreib alles auf, was im Entferntesten nach einer Idee aussieht,* meinte der Zettel, *der Chef wird dann schon sehen, ob man was draus machen kann oder nicht.*

Mir fiel ein Spot ein, in dem eine Glühbirne die Hauptrolle spielte, und ich verfolgte die Idee so weit, bis mir klar wurde, dass Adi Betzenberg die Glühbirne war. Mit einem Kurzbefehl putzte ich alles wieder vom Bildschirm, gerade noch rechtzeitig.

Dann stand Adi persönlich hinter mir.

»Was hältst du davon, wenn du mit Frank in der Parfum-Geschichte zusammenarbeitest?«, fragte er. »Wir brauchen da nämlich dringend was Konkretes.« Adi legte mir kurz die Hand auf die Schulter und machte sich schon wieder davon, ohne sich anzuhören, was ich davon hielt.

»Ich kann mir vorstellen«, sagte er noch, »dass ihr ein ganz gutes Team seid.«

Aber ich hielt ja auch was davon. So zahlte es sich aus, wenn man sich nicht sofort geschlagen gab. Genau an dem Punkt, an dem sich die Sache mit Penelope als Desaster entpuppt hatte, ergab sich im Projekt Frank Myllendonck wieder eine neue, hoffnungsvolle Konstellation. Wir beide wurden Partner.

Ich ging zu Frank hinüber, um mit ihm meine erste Arbeitsbesprechung abzuhalten. Aber er war noch gar nicht im Haus.

Also beschloss ich, schon einmal ohne ihn anzufangen.

Mir fiel schon wieder die Samariter-Geschichte ein. Nur meine Therapeutin weiß, warum. Anscheinend hat sich dieses Schema während meiner Kindheit nachhaltig in meiner Phantasie eingebrannt.

Ein Mann, der einen Schwerverletzten auf seinen Esel lud, um ihn im nächsten Dorf zu verarzten. Man konnte sich die Sache moderner vorstellen, auf Heute bezogen. Kein Esel, sondern ein Auto. Außerdem spritziger. Ohne Blut und Wunden. Mehr Sex und weniger Crime sozusagen.

Keinen Verletzten, sondern eine Frau. Eine tolle Frau. Sie hatte eine Autopanne. So wie sie aussah, mussten eigentlich alle Autofahrer gleichzeitig in die Bremsen steigen, um ihr zu Hilfe zu eilen, jedenfalls alle männlichen. Aber es war Rushhour, keine Zeit für Höflichkeit. Time is money.

Ein Schönling in einem Porsche raste vorbei. Dann ein stinkreicher Filmemacher, der Henning zum Verwechseln ähnlich sah, in einem Rolls. Vorbei.

Die Lage der schönen Frau erschien aussichtslos.

Da endlich hielt einer an: ein Typ in einer Ente.

An seinem Rückspiegel baumelte ein Flacon *Altruism.*

Vielleicht war das Ganze nicht gerade eine Offenbarung und Betzenberg würde seine Häme aus Eimern darüber gießen. Aber ich machte einen Ausdruck von der Idee, damit ich Frank etwas vorzeigen konnte. Er sollte wissen, dass mir die Teamarbeit mit ihm am Herzen lag.

Als ich schon gehen wollte, tauchte Myllendonck doch noch auf. Adi hatte ihn schon ins Bild gesetzt, was unsere Zusammenarbeit betraf. Große Begeisterung schien das bei Frank nicht ausgelöst zu haben.

»Wir brauchen was Abgedrehtes«, brummte er skeptisch. »Sonst springt der Kunde ab und den Etat kriegt ein anderer.«

»Ich habe mir schon ein paar Gedanken gemacht«, sagte ich und wollte in mein Zimmer, um den Ausdruck zu holen.

Aber er war nicht mehr in der Stimmung zum Arbeiten.

»Was hältst du davon«, fragte er, jetzt freundlicher, »trinken wir zusammen einen Kaffee?«

Ich hatte nichts dagegen, gemütlich Feierabend zu machen. Wir standen in der winzigen Küche und hielten jeder einen heißen Plastikbecher in der Hand.

»Hast dich inzwischen ein bisschen bei uns eingelebt, was?«

»Klar, so mit der Zeit ...«

Frank packte seine Zigaretten aus und bot mir eine an. Ich winkte ab.

»Und mit Penny kommst du auch wieder klar?«

Penny! Mir wurde heiß. Was hatte sie ihm erzählt?

Aber Frank lächelte mir über den Rand seines Bechers hinweg zu, was mich wieder beruhigte. Es war nur so eine Frage.

»Könnte schon besser sein«, antwortete ich ausweichend. »Es ist nicht immer einfach mit ihr.«

Ich dachte mir, dass Frank mitbekommen hatte, dass es zwischen mir und der Paulussen gewisse Reibungspunkte gab. Vielleicht wollte er mir jetzt seine Hand hinstrecken, um mein Verbündeter zu werden.

»Mach dir nichts draus«, sagte er aufmunternd. »Die hat schon ganz andere abblitzen lassen.«

»Abblitzen lassen? Hat sie das gesagt?«

Mit der Zigarette in der Hand machte Frank eine vage Geste, die Qualm-Schnörkel in der Luft hinterließ.

»Sie hat erzählt, dass du ganz gerne bei ihr landen würdest.« Er grinste viel sagend. »Ihr beide zusammen – diese Vorstellung scheint sie ganz schön zu amüsieren.«

Ich lachte dazu, als würde mich das auch amüsieren, während ich mir mit dem Ärmel über die Stirn wischte.

Zu früh hatte ich mich in Sicherheit gewähnt. Dabei fing Penny jetzt erst an. Und wenn sie damit weitermachte, dann würde sie alles zerstören.

12

Ich war zu vertrauensselig gewesen. Zu arglos. Ich hatte meine nackten Füße im Wasser baumeln lassen, ohne auch nur einen Gedanken daran zu verschwenden, dass das Gewässer von Haifischen nur so wimmelte.

Penny hatte sich mir genähert. Und ich, der sich nach Nähe sehnte wie ein Wüstenboden nach Wasser, hatte zugelassen, dass sie ihre manikürte Hand um meinen Hals legte. Jetzt hielt sie mich daran hoch und ich strampelte hilflos mit den Beinen. Wenn ihr danach war, konnte sie jederzeit zudrücken.

Sie amüsierte sich also über mich. Warum auch nicht? Sie hatte allen Grund dazu. Und sie würde dafür sorgen, dass schon morgen alle Welt sich ebenfalls über mich amüsierte.

Bei Penny Paulussen hätte ich eindeutig überreagiert, meint meine Therapeutin. Gut möglich. Denn eigentlich hatte ich Schuld an dieser miesen Situation. Schließlich war ich derjenige gewesen, der sich nach Nähe gesehnt hatte und der zu dämlich gewesen war, sich klarzumachen, dass es gefährlich ist, sich auf jede beliebige Nähe einzulassen.

Als ich an diesem Abend meinen Posten auf dem Bahndamm ihrem Haus gegenüber einnahm, hatte ich keinerlei Plan. Ich wusste, dass ich in der Klemme steckte, und suchte fieberhaft nach einem Ausweg. Aber ich wusste nicht, wo ich den finden sollte.

Es war ein schöner, sommerlicher Abend, es war windstill und die Luft roch genauso wie damals, als ich mich entschlossen hatte, mein Leben zu ändern, und damit alles ins Rollen gebracht hatte. Obwohl es schon seit über einer Stunde dunkel war, war es im Freien immer noch wärmer als im Haus. Drei oder vier Grundstücke weiter war ein fröhliches Fest im Gange. Lachen,

Gitarrenklänge und Holzkohlen-Geruch drangen herüber.

Zusammen mit Hunderten von Ameisen und Asseln hockte ich im Gestrüpp, das vom fliegenden Müll der S-Bahn-Passagiere übersät war, mit meinem Fernglas um den Hals. Ich hatte mir ein paar Dosen Bier mitgebracht und trank eine nach der anderen aus, während ich auf die dunklen Fenster von Pennys Wohnung starrte und versuchte, mir den Kopf zu zerbrechen.

Mein ermüdender Blick hatte sich so in das Dunkel gebohrt, dass ich zurückzuckte, als die Fenster plötzlich hell erleuchtet wurden. Ich sah eine Frau und einen Mann, die sich küssten und ihre Körper aneinander pressten.

Ich nahm das Fernglas. Penny und der Geschniegelte, den ich gutmütigerweise für ihren Bruder gehalten hatte. Diese Möglichkeit schied jetzt wohl eindeutig aus.

Die beiden leckten einander regelrecht ab. Er war so in Fahrt, dass er die Träger ihres Kleides von ihren Schultern streifte und sich mit dem Mund genüsslich den Hals hinunterarbeitete, während seine Hand ihre linke Brust massierte.

Penny lachte auf und entzog sich ihm. Sie verschwand aus meinem Blickfeld, während ihr schöner Liebhaber ans Fenster trat und seine Frisur überpüfte.

Ich musste aufstoßen. Während ich die leere Blechdose über meine Schulter warf, lachte ich in mich hinein. Penny hatte verdammt noch mal Recht. Was für ein naiver Trottel war ich doch!

Sie war die ganze Zeit über auf niemand anderen scharf gewesen als auf diese männliche Blondine! Es war bewundernswert, wie Penny in meiner Wohnung ihren Striptease hingelegt hatte und sich dabei meisterhaft beherrscht hatte, nicht laut herauszuprusten.

Die Paulussen kehrte mit zwei vollen Sektgläsern zurück. Außerdem trug sie ihren Walkman und bewegte sich nach der Musik, die in ihre Ohren eingespeist wurde. Sie trat an die Balkontür und ich erwartete schon, dass sie jetzt, wo die Sache spannend wurde, die Vorhänge zuzog. Aber das Gegenteil erfolgte. Sie öffnete die Tür und trat auf den Balkon, gefolgt von ihrem liebestollen Männchen.

Nachdem die beiden ein paar Minuten geschmust hatten, schien er einen Vorschlag zu machen, auf den sie mit laszivem Kichern reagierte. Der Glatte ließ seinen Blick feierlich über den dunklen Hof schweifen, dann wandte er sich wieder an Penny, die ihm, immer noch kichernd, den Finger auf den Mund legte.

Er zog sie an sich und vergrub seine schönen Hände in ihrem Hintern.

Dann, urplötzlich, endete die Szene. Die beiden Lover verließen den Balkon und Sekunden später verlöschte das Licht.

Was mich betraf, so hatte ich auch genug gesehen. Ich konnte mir denken, wie es weiterging. Mit einem Zischen öffnete ich das letzte Bier.

Wenige Minuten später ging es dann tatsächlich weiter. Meine Augen hatten sich inzwischen wieder an die Dunkelheit gewöhnt, so dass mir nicht verborgen blieb, was sich drüben auf dem Balkon tat.

Ich erkannte sogar Einzelheiten, als der Mond hinter einer Wolke hervortrat. Die beiden waren dabei, ein komplettes Bett auf den Balkon zu schieben. Es hatte ein hypermodernes Aluminium-Gestell, das auf Rollen stand. Dadurch lag die Matratze so hoch, dass sie sich über dem Niveau des Balkongeländers befand.

Ich hatte also beste Sicht. Penny und ihr Schönling hüpften auf die Matratze und begannen, einander hastig auszuziehen. Wenige Augenblicke später trug er nur noch ein Kettchen um den Hals, das im Mondlicht schimmerte. Und einen Tangaslip, der mitten durch seinen Hintern einen schwarzen Strich machte und die Backen nach außen drückte, als wollten die beiden nichts mehr miteinander zu tun haben.

Penny trug ihren weißen Body. Aber auch das nur für kurze Zeit. Dann war ihr einziges Kleidungsstück der Kopfhörer, den ein Kabel mit dem Rekorder auf dem Bett verband. Ihre Brustwarzen blinkten silbern im Mondlicht. So war mir also doch noch vergönnt, einen Blick auf ihren Intim-Schmuck zu werfen.

Handelte ich aus einem Gefühl der Enttäuschung, weil ich eigentlich an Stelle dieses Schönlings hätte mit ihr im Bett sein können? War ich der Meinung, ein Recht auf diese Nacht mit Penny zu haben?

Frau Schweikert-Jüngling hat ein Talent, immer nach den unwesentlichen Dingen zu fragen. Ich war nicht eifersüchtig auf dieses Duft-Fläschchen mit Goldkettchen um den Hals und Tanga um die Hüfte. Was sollte ich gegen ihn haben? Er passte besser als ich zu Penny Paulussen, also hatte ich auch nicht das geringste Bedürfnis, an seiner Stelle zu sein.

Der Typ war ein Angeber, das war selbst aus der Entfernung nicht zu übersehen. Und Penny hatte behauptet, nichts für Angeber übrig zu haben. Anscheinend galt das nur unter der Voraussetzung, dass sie nicht so arme Schweine waren wie ich ...

Es war gar kein Problem, unbemerkt den kleinen Hof zu durchqueren. Auch nicht, lautlos das bunte Gerüst zum Balkon hinaufzuklettern. Das war wie geschaffen dafür.

Dann sah ich sie direkt vor mir. Ich sah Pennys Gesicht, ihre geschlossenen Augen, ihren lüstern geöffneten Mund, ihre weit gespreizten Beine. Den nackten Rücken des Schönlings auf ihr, seinen Hintern, der auf- und niederpumpte. Ich hörte Schmatzen, Keuchen und Stöhnen.

Das Stöhnen wurde lauter, rhythmischer. Pennys Stimme mischte sich hinein. Sie wurde zum kehligen Lachen. Und dann wurde es ein böses, höhnisches Lachen. Immer noch schwoll es an. Sie lachte sich die Seele aus dem Leib. Ich hielt mir die Ohren zu, aber das half nichts.

Es konnte nichts helfen, denn sie lachte über mich. Ich war der Einzige auf der Welt, der es hören konnte. Das musste unbedingt so bleiben.

Und deshalb machte ich einen Satz nach vorne und warf mich mit meinem ganzen Gewicht gegen das Bett. Es rollte los, knallte mit voller Wucht gegen das Geländer und warf seine Insassen wie ein bockendes Pferd ab. Nackt und umschlungen stürzte das Paar in die Tiefe und schlug auf dem Steinboden im Hof auf.

Stille herrschte. Das Lachen hatte aufgehört.

Ich hörte mich schwer atmen.

Nach einer Weile hörte ich noch etwas. Es war ein leises Sirren, wie eine Hand voll Fliegen, die unten im Hof tanzten.

Pennys Walkman. Wie durch ein Wunder hatte er den Sturz heil überstanden.

13

Die batteriebetriebenen Fliegen verfolgten mich. Den ganzen Weg nach Hause blieben sie dicht hinter mir, nicht sichtbar, aber ihr böses, anklagendes Sirren war ständig hörbar. Sie folgten mir in meine Wohnung und raubten mir den Schlaf.

Schließlich hatte ich soeben einen Mord begangen. Ich hatte zwei Menschen in den Tod gestoßen, von denen ich einen noch nicht einmal kannte. Und jetzt erging es mir wie dem Mörder in *Das verräterische Herz*. Meine eigenen Gedanken fielen über mich her, drohten, mein Hirn zu zerfressen und mir den Verstand zu rauben. Ich gab mir alle Mühe, still zu sein, schlich mich auf Zehenspitzen ins Schlafzimmer, aber die teuflischen Insekten wurden immer lauter. Es war nur eine Frage der Zeit, wann sie Frau Engelbrecht, meine Nachbarin, aufwecken würden. Und die würde mit ihrer das Treppenhaus füllenden Stimme dem ganzen Haus von meiner schändlichen Tat berichten. Schon wieder macht er diesen Lärm!, würde sie brüllen. Er beobachtet Leute beim Sex, dann bringt er sie um, aber damit nicht genug: Jetzt holt er diese grässlichen Fliegen ins Haus. Und andere Leute wollen gerne schlafen!

Gegen Morgen klangen die Schuldgefühle allmählich ab. Es war also doch nicht so schlimm, wie es Edgar Allen Poe in seiner Geschichte beschrieben hatte. Ein Mord wirft einen ganz schön aus der Bahn, aber er macht einen nicht wahnsinnig. Jedenfalls nicht jeden. Möglicherweise ist es das Gefühl der Isolation, des Ausgeschlossenseins von der menschlichen Gemeinschaft, das die meisten Mörder nicht aushalten. Und da geht es mir eben anders. Mir ist das Gefühl vertraut. Ich weiß damit umzugehen.

Zurück blieb allerdings ein hämmernder und bohrender Kopfschmerz. Er trat und schlug in meinem Hinterkopf, während er mit seinen beiden Daumen immer wieder von innen auf meine Augen drückte.

Es war eine Überwindung, aufzustehen und ins Bad zu gehen. Aus dem Spiegel glotzte mich eine hohläugige, totenbleiche Kreatur an. Einer der Zombies aus den Horrorfilmen nach Mitternacht. Ich massierte meine Wangen und schlug ein paar Mal mit der flachen Hand zu. Das Zombie-Gesicht wurde rot. Noch ein paar Schläge und ich würde aussehen wie Adi Betzenberg nach einer durchzechten Nacht. Ich starrte auf die Dosen und Tuben auf der Ablage unter dem Spiegel und erwägte für einen Moment, die Frauenkosmetik zu Hilfe zu nehmen, um halbwegs normal auszusehen. Aber ich verwarf diesen Gedanken wieder.

Jede Bewegung war eine Tortur, aber ich hatte keine Wahl. Ich *musste* mich in der Firma zeigen. Wenn ich das nicht schaffte, konnte ich gleich ins Polizeipräsidium gehen und mir Handschellen anlegen lassen. Also quälte ich mich hin.

Erst als die Glastür mit dem hübschen Schriftzug *Visions & Moments, Imageproduction* hinter mir zuschwang, wurde ich mir meiner Naivität bewusst, zu glauben, alles sei wie immer.

Niemandem stand der Sinn danach zu arbeiten. Frank Myllendonck lehnte qualmend am offenen Fenster und starrte in den grauen Innenhof, wo sich die Vögel bei der großen Pfütze auf dem Garagendach trafen. In der Nacht hatte eine Gewitterfront dem sommerlichen Wetter vorerst den Garaus gemacht.

Rainers Kopf steckte hinter einer Zeitung, deren Titelblatt aus einer einzigen, rot unterstrichenen Schlagzeile bestand: GEHEIMNISVOLLER SEX-MORD!

»Sie war doch noch so jung«, schluchzte Frau Hoppenkamps, die neben Frau Bönisch mit einem Taschentuch in der Hand auf der Besuchercouch saß. Ein trauriger Anlass, zum ersten Mal zu erleben, dass sie keine Hühner-Sprache sprach.

Sowie ich die Agentur betreten hatte, starrten mich alle an. Ich hatte vorher schon geschwitzt, aber jetzt begann mein Körper, unter den auf ihn gerichteten Blicken dahinzuschmelzen.

Ich stand da und ließ mich anstarren. Was sollte ich machen? Als Einziger in der Firma an meinen Computer gehen und so tun, als sei nichts geschehen?

Was kreative Ideen angeht, so mag ich ein Spätzünder sein oder meinetwegen auch ein Versager. Aber ich habe einen feinen Sinn für Stimmungen. Für Botschaften zwischen den Zeilen. Für Unausgesprochenes und im Raum Stehendes. Vielleicht sind die Poren meiner Haut durch das ständige Ausscheiden von Flüssigkeit übersensibel geworden.

Jedenfalls brauchte ich nicht lange, um die Situation zu begreifen. Sie wussten alles! Warum sich noch verstecken oder den Ahnungslosen spielen? Man brauchte mich nur anzuschauen. Es war so, als trüge ich auf meiner Jacke einen grellen Plastik-Button mit der Aufschrift SEX-MÖRDER. Meine Gedanken rasten in meinem Kopf auf der fieberhaften Suche nach einer plausiblen Erklärung.

Eine lächerliche Mühe! Wie sollte man einen Mord erklären?

Eine Hand berührte meinen Arm, ich zuckte zurück.

»Nun setz dich doch erst mal, Junge.«

Frau Bönisch zog mich zur Couch und drückte mich auf den Platz neben ihre Kollegin, den sie für mich geräumt hatte.

Frank drückte seine Zigarette aus und kam zu mir herüber.

»Das hat mich so richtig umgehauen, als ich das gelesen habe, ehrlich«, sagte er. »Kann mir vorstellen, wie du dich jetzt fühlst.«

Tisch kam von hinten und reichte mir eine Tasse Kaffee. »Das wird dir gut tun.« Er lächelte mir aufmunternd zu. Es war, glaube ich, das erste Mal, dass ich ihn lächeln sah.

Kann sein, dass es dieses Lächeln war, das bei mir den Groschen zum Fallen brachte. Und sobald er fiel, atmete ich so erleichtert auf, dass ich um ein Haar den Kaffee aus der Tasse gepustet hätte.

Mein emotionaler Spürsinn hatte gründlich falsch gelegen. Alle gingen davon aus, dass Penny und ich uns besonders nahe gestanden hatten, und deshalb kümmerten sich alle um mich, als sei ich derjenige, der vom Balkon gefallen war! Frank, Rainer, die beiden Glucken – alle wollten mir etwas Gutes tun und nahmen mein zombiehaftes Aussehen als Beleg dafür, wie schwer mich Pennys Tod getroffen hatte.

»So ein junges, fröhliches Ding!«, schniefte Frau Bönisch.

»Und in der Zeitung steht«, fügte die Hoppenkamps hinzu, »dass sie diese Dinger noch aufhatte, diese ...«

»Den Walkman«, half ihr Myllendonck.

»Und er funktionierte noch. Ist das nicht ...«

»Schrecklich«, bestätigte flüsternd Frau Bönisch.

»Für mich ...« stammelte ich, »... ist das alles noch – gar nicht wirklich. Ich meine, es ist alles noch so ...«

»Unwirklich?«, kam mir Frau Hoppenkamps mitfühlend zu Hilfe.

Ich nickte dankbar. Inzwischen war ich dabei, in meine Rolle zu schlüpfen. Sie passte mir wie angegossen. Das hatte ich Penny zu verdanken. Der Anfang ihrer bösartigen Schmutzkampagne gegen mich sorgte nun dafür, dass man uns nachträglich zum Paar machte. Und das führte dazu, dass man ihren Mörder für das eigentliche Opfer hielt. Während ich zu ihr gehalten hatte, hatte sie mir den Laufpass gegeben. Und die Umstände ihres gestrigen Ablebens waren, moralisch gesehen, alles andere als einwandfrei.

Wir alle bedauerten die arme Penny, keine Frage. Aber mich bedauerte man lieber.

»Heh, wie wär's, wenn du heute freimachst?«

Betzenberg war hereingekommen und sein rotes Gesicht leuchtete in ernster Sorge um mich. »Ruh dich aus. Komm erst wieder, wenn es dir besser geht.«

Sein Vorschlag, so gut gemeint er war, fand nur geteilte Zustimmung. Es war die Frage, ob man mich in meinem Zustand nach Hause schicken konnte. Vielleicht ja, aber nicht ohne Begleitung.

Selbstverständlich konnte ich nicht grinsen, das hätte meine schöne Maskerade zunichte gemacht. Aber Grund dazu hatte ich. Ich hätte schon tausende Male zu Hause vor der Glotze vermodern können, ohne dass einer von meinen netten Kollegen dafür den Tennisschläger aus der Hand gelegt oder sich von der Sonnenbank aufgerafft hätte. Und jetzt waren alle so besorgt, dass sie mir nicht mal erlauben wollten, irgendwelche spitzen Gegenstände in mein Zimmer mitzunehmen.

Es war ein angenehmes, prickelndes Gefühl. Endlich erlebte ich diese kleine Firma für Image-Produktion wie eine Familie. Das hatte ich Penny zu verdanken.

14

Die Kriminalpolizei gab Pennys Leiche zwei Tage später frei. Vier Tage nach dem Balkon-Mord fand die Beerdigung statt.

Es war ein sonniger Vormittag, die Gewitter hatten sich wieder verzogen. Wir waren auf dem neu angelegten Teil des Friedhofs, wo es keine Bäume gab.

Ich schwitzte in den schwarzen Klamotten, die ich mir für diesen Tag ausgeliehen hatte. Seit meiner Konfirmation hatte ich keinen Anzug mehr getragen, aber wenn ich genau überlegte, so hatte es zwischen damals und heute keinen Anlass gegeben, der einen derart festlichen Aufzug nötig gemacht hätte.

Der Pfarrer zog eine wortreiche und rundweg positive Bilanz dieses kurzen Lebens, das in der Blüte der Jahre zu jäh und zu früh sein Ende gefunden hatte. Mitten auf dem Höhepunkt sei es verloschen. ›Höhepunkt‹ verstand er dabei natürlich nicht in der anzüglichen Bedeutung des Wortes.

Alle schluchzten und schnauften in ihre Taschentücher. Wir beteten einen Psalm und sangen anschließend ein Lied. Ich kondolierte den Eltern.

Und sie kondolierten mir.

Alle kondolierten mir. Es war, als sei ich der Schwiegersohn der trauernden Eltern oder Pennys Bruder. Ein Bestandteil der Familie, Hinterbliebener mit allen Rechten auf Trost und Zuspruch.

Mehr und mehr veränderte sich mein Gefühl für Penny. Sie hatte mir Böses zufügen wollen und es war zu etwas Gutem geworden. Das war nicht ihre Absicht gewesen.

Ich dagegen hatte es genau umgekehrt gemacht. Damit waren wir quitt.

Und nicht nur das. Das warme Gefühl von Anteilnahme, das mir alle Menschen entgegenbrachten, hatte in mir warme Gefühle für die Ermordete angefacht.

Der Pfarrer hatte ganz Recht: Penny war für alle, die sie gekannt hatten, ein Quell der Lebensfreude gewesen. Und sie würde uns fehlen in unserem Leben, das manchen von uns wie ein Sommerwetter ohne Sonne vorkommen würde.

Im Nachhinein mochte ich Penny ganz gerne. Von mir aus hätte es nicht so enden müssen.

»Sie standen der Verstorbenen also nahe?«, erkundigte sich einer der Gäste, die mir die Hand schüttelten. Er war ein kleiner, dicklicher Mann um die fünfzig, mit einer schweren Hornbrille und einem runden Haarkranz auf dem Kopf.

»Nowottni. Mordkommission.«

Zum Glück hatte er meine Hand schon wieder losgelassen, so bekam er nicht mit, dass sie plötzlich flüssig zu werden schien.

»Haben Sie den Mörder schon gefunden?«, fragte ich.

Er lächelte verschlagen. »So schnell geht das nicht. Aber ich denke, wir werden auch diesmal nicht zu lange brauchen.«

»Sie meinen, Sie haben eine Spur?«

»Nicht nur das. Wir haben auch den Kerl, der angeblich ihr letzter Lover gewesen ist.«

Ein schrecklicher Gedanke durchfuhr mich. »Aber ich dachte, der Mann, der bei ihr war, ist auch mit draufge..., ich meine, er ist mit ihr umgekommen.«

»Sie meinen seinen Vorgänger.« Seine Stimme klang mild, als ahne er meine Befürchtung und wolle mich in punkto ungewollter Zeugen beruhigen. »Er soll gedroht haben, sie umzubringen, wenn sie einen anderen liebt. Natürlich bestreitet er das und behauptet, damit gedroht zu haben, sich umzubringen und niemanden sonst. Aber ich sage Ihnen: So was läuft meistens auf das Gleiche hinaus.«

Geschichten zu erfinden, das ist eine Art Lebensbewältigung. Sagt jedenfalls Amanda Schweikert-Jüngling. Damit will sie mir sagen, dass sie mir nicht glaubt. Nichts um uns her spielt sich so banal ab, wie es aussieht. Wir drehen uns alles so, wie es uns passt. Unwahrheit ist von hoher Bedeutung für die seelische Gesundheit. Man sollte Unwahrheit nicht so schlecht machen. Ohne sie wäre die Wirklichkeit nicht auszuhalten.

Sie hat Recht. Natürlich trog das warme Gefühl. Ich konnte Penny nicht posthum zu meiner Geliebten machen, nachdem ich sie gerade erst aus dem Leben befördert hatte. Mein Gefühl für sie war ebenso wenig real wie köstlicher Geruch von einem Braten, der gar nicht existierte.

Dennoch war ihre die schönste Beerdigung, die ich jemals gesehen hatte. Und ich hatte im Fernsehen schon eine ganze Reihe davon gesehen.

Sobald wir in einer Gaststätte in der Nähe des Friedhofs Kaffee und Kuchen zu uns genommen hatten, kehrte der Alltag zurück.

Wir leben in einer druckvollen, aufgeladenen Zeit. In den Supermärkten geht der Verkauf weiter, auch wenn eine Grundrenovierung durchgeführt wird oder das Geschäft von Hamburg nach München umzieht. Er muss weitergehen, weil ein paar Stunden Stillstand das Unternehmen ruinieren würden.

Und da man mit Trauerarbeit nicht reich werden kann, konnte man sich diesen Luxus auch nicht allzu lange leisten.

Am Tag nach der Beerdigung sahen die Gesichter in der Firma immer noch mitfühlend aus, aber sie signalisierten gleichzeitig, dass ich es dabei belassen sollte. Gerne hätte ich mir noch eine schöne Portion an Zuwendung geholt. Aber das war vorbei. Die Wirklichkeit hatte wieder begonnen.

Adi bat Frank und mich in sein Zimmer. Es ging um das Projekt *Altruism*.

»Also gut«, sagte er. »Um die Sache zu beschleunigen, habe ich ein privates Brainstorming gemacht. Und dabei ist Folgendes herausgekommen.«

Er drückte uns beiden ein Papier in die Hand. Der Text war nicht umfangreich und man brauchte nur ein paar Sekunden, um ihn zu überfliegen.

Ich überflog ihn dreimal, obwohl er nichts Neues für mich war. Es war mein Spot. Die Frau mit der Autopanne, die vorbeirasenden Autos. Nur der Schluss war verändert: Man sah die Frau mit dem Porschefahrer abfahren. Der Enten-Typ blieb bei dem Pannen-Auto zurück und sah ihnen fassungslos hinterher.

Die Message lautete: *Es kommt nicht drauf an, was du tust. Entweder du hast es, oder du hast es nicht.*

Adi sprang auf und deutete auf seine Armbanduhr.

»Ihr braucht jetzt nichts dazu zu sagen. Ich müsste nämlich schon seit zwanzig Minuten weg sein. Besprecht das doch unter euch und nächste Woche setzen wir uns noch mal zusammen.«

»Das ist mein Spot«, sagte ich, als der Chef aus der Tür war.

Frank machte ein skeptisches Gesicht. »Was soll das heißen, dein Spot?«

»Das soll heißen, dass er ihn mir geklaut hat.«

»Warum sollte er das tun?«

»Ich hab ihn auf meinem Schreibtisch liegen lassen.«

Hatte ich nicht genug durchgemacht? Waren die letzten Tage nicht reich gewesen an Rückschlägen und Tiefschlägen? Ich spürte Müdigkeit in mir. Wenig Lust, mich um einen blöden Fernseh-Spot zu streiten.

Aber mir war klar, dass Adi genau darauf baute.

»Du hast dich bestimmt geirrt«, schlug Frank vor, der endlich dieses Projekt hinter sich bringen wollte.

Um ihm zu beweisen, dass ich mich nicht geirrt hatte, gingen wir in mein Zimmer. Auf meinem Schreibtisch lag kein Ausdruck. Und in meinem Rechner war keine entsprechende Datei.

»Na, siehst du«, beruhigte mich Frank Myllendonck. »Du hast dich geirrt.«

15

Ich hatte mich wirklich geirrt. Aber nicht in Sachen *Altruism*-Spot.

Wie konnte ich so naiv sein und denken, dass jetzt alles anders sein würde? Dass der lauwarme und trotzdem erfrischende Regen des Mitgefühls, der auf mich niedergegangen war, mehr war als nur eine vorübergehende Wetter-Anormalität?

Ich hatte diesen Regen nicht verdient, aber das wusste ja niemand außer mir.

Alles blieb wie gehabt. Adi Betzenberg trug seine Arroganz stolz wie ein Banner vor sich her, in der Meinung, es sei Humor und Sinn für Pointen. Frank spielte weiter Speckbrett und räumte jeden Sportplatz, auf dem ich auftauchte, als sei ich Überträger einer gefährlichen Seuche. Obwohl wir ein Team waren, verstand er es meisterhaft, Arbeit und Freizeit auseinander zu halten.

Die einzige Ausnahme machte Rainer Tisch. Als ich wieder einmal drauf und dran war, recht frühzeitig meinen Feierabend zu beginnen, beließ er es nicht bei der üblichen skeptischen Miene.

»Du bist schon weg?«, fragte er.

»Wie du siehst«, gab ich streitlustig zurück. Ich hätte auch hinzufügen können: Nicht jeder hat Lust, sich die Nacht um die Ohren zu schlagen, um reinen Tisch zu machen.

Rainer lächelte versöhnlich. »Erinnerst du dich, dass wir uns mal treffen wollten? Was hältst du von übermorgen Abend?«

Damit hatte ich nicht gerechnet. »Ja, wieso nicht?«

»Also, du kommst zu mir. Einverstanden?«

Ein Abend mit Small Talk über Gewinn-Strategien und

globalem Marketing war immer noch besser als meine stumpfe, krankmachende Existenz vor dem Fernseher.

Das Schlimmste daran war, dass die Konzentrationsfähigkeit absank. Je mehr dieser plappernden Talkshows über mich hinwegschwappten, desto weniger bekam ich von ihnen mit. Ich konnte nicht sagen, worüber die Leute auf dem Schirm redeten, es sei denn, ich unternahm einen Kraftakt. Auf dem Kopf stehen zum Beispiel. Oder geschlagene zehn Minuten die Ohren zuhalten und dann gezielt zuhören. Aber das änderte nichts daran, dass ich manche Sendungen einfach nicht mehr sehen konnte.

Eine Ausnahme bildeten Sendungen, die mir eine liebe Gewohnheit waren, wie *Sag mir dein Geheimnis*.

Einmal war ein junger Mann zu Gast, der sich jahrelang geschämt hatte, dass er beim Sex einen fahren ließ. Das hatte ihm sehr zu schaffen gemacht und sein Verhältnis zu Frauen nachhaltig erschüttert. Er hatte lange gebraucht, bis er darüber reden konnte.

Und jetzt konnte er, wie es schien, über nichts anderes mehr reden. Seine Gesprächspartnerin war eine Frau, die offen zugab, dass sie Pupsen während des Beischlafs anturnte. Das ging mittlerweile sogar so weit, dass sie ohne Pups ihres Partners keinen Orgasmus mehr hatte. Die beiden, so nahe sie einander waren, kriegten sich dennoch in die Haare: Während er einer Selbsthilfegruppe beigetreten war, um das Problem anzugehen, hatte sie einen Club gegründet, der die Werbetrommel für einen neuen Trend in der Szene rührte. Die beiden kämpften auf verfeindeten Seiten.

Tina Engelbrecht, meine Nachbarin, störte mich beim Fernsehen.

»Ich will Ihnen nicht zu nahe treten«, sagte sie. »Aber es ist vielleicht Ihrer Aufmerksamkeit entgangen, dass Sie schon zum zweiten Mal die Treppe nicht geputzt haben, obwohl Sie dran waren.«

»Vielleicht«, bestätigte ich.

Sie ließ nicht locker. »Das ist nicht Ihre private Angelegenheit«, versuchte sie mich zu überzeugen. »Wenn Sie nicht putzen, muss ich in der nächsten Woche dann für Sie mit putzen. Finden Sie das etwa gerecht?«

»Immerhin habe ich mit der lauten Musik aufgehört, genau wie Sie wünschten«, wandte ich ein.

Sie zuckte mit den Achseln. »Das wäre ja noch schöner«, sagte sie.

Ich wusste nicht, was sie damit meinte.

»Und wenn ich mich entschlossen habe, die Treppe gar nicht mehr zu putzen?«

»Das werden wir ja noch sehen.«

Sie machte kehrt und verschwand in ihrer Wohnung. Ich konnte beobachten, wie sie den Telefonhörer abnahm und wählte. Sie hatte vor, sich beim Vermieter über mich zu beschweren. Aber er war nicht zu erreichen.

Ich konnte noch einiges mehr sehen von dem, was sie tat. Jedenfalls was den frühen Morgen anging, die Feiertage und den Feierabend, so lange, bis sie die Rollläden herunterließ, was gleichförmig um einundzwanzig Uhr zwanzig erfolgte. Tinas Tagesablauf verlief regelmäßig wie ein Uhrwerk. Sie stand um Viertel vor acht auf, verbrachte fünfzehn Minuten im Badezimmer. Sie bevorzugte Toast mit kalorienarmem Frischkäse und Müsli. Außerdem schwärmte sie für Arzt-Serien und herzzerreißende Tragödien, die auf wahren Begebenheiten beruhten.

Was sich im Schlafzimmer abspielte, konnte ich nicht sagen, denn da waren die Rollläden ständig heruntergelassen. Aber Tina hatte hin und wieder Verehrer, die auch über Nacht blieben und am Frühstückstisch einen Toast mit kalorienarmem Frischkäse verputzten. Ich kannte ihre Namen nicht, dafür prägten sich mir die meisten Gesichter ein, was meinem Fernglas zu verdanken war sowie der Tatsache, dass die Lover im Stehen pinkelten, so dass ihre Gesichter dann und wann im kleinen, meist offenen Klofenster erschienen.

Die Feiertage verbrachte Frau Engelbrecht mit Saubermachen. Das begann direkt nach dem Frühstück und endete, mit einer kurzen Unterbrechung für einen Mittagsimbiss, erst abends, wenn eine neue Episode der Arztserie lief.

Sie scheuerte den Boden, saugte die Teppiche, räumte die Schränke aus und wienerte sie von innen. Dann nahm sie sich die Fenster vor. Den Balkon. Die Blumenkästen. Das Bad und das von ihren Lovern so fahrlässig verschmutzte Klo. Ein tragischer, aussichtsloser Kampf gegen Zeit und Vergänglichkeit.

Denn die Zeit ist der Freund des Schmutzes und der Feind der Sauberkeit. Frau Engelbrecht hatte sich mit der schwächeren Seite verbündet. Wenn sie mit den Fensterbänken fertig war, musste sie feststellen, dass die ersten Spähtrupps des Schmutzes sich schon wieder des Bodens bemächtigten, so dass der Kampf aufs Neue begann.

Ich hatte keine Lust, dieser Koalition von Verlierern beizutreten.

Eines Tages steckte ein Brief von Henning in meinem Briefkasten:

Muss mit dir reden. Adi scheint von deiner Arbeit nicht gerade begeistert zu sein. Was ist los mit dir? Ich habe dir doch erklärt, wie das läuft. Bitte, denk dran, dass mein Ruf auf dem Spiel steht. Ich bin am Dienstag in der Stadt und schaue bei dir vorbei.
H. (nach Diktat verreist)

Kein Wort der Anteilnahme oder des Trostes wegen Pennys Ableben. Ein Brief, in dem es nur ums Geschäft ging. Henning hatte mir den Job verschafft und jetzt spielte er sich als mein Chef auf.

Verärgert zog ich die Luft ein und atmete den scharfen Geruch von aggressiver Sauberkeit, der das Treppenhaus erobert hatte.

Tina hatte den Gedanken nicht ausgehalten, dass sich direkt jenseits ihrer Wohnungstür Staub und Schmutzpartikel ungestört austoben konnten.

»Ihre Selbstgespräche sind ja wirklich aufschlussreich!«

Ich fuhr zusammen. Die Engelbrecht hatte hinter der Kellertür gelauscht.

»So erfährt man endlich, was Sie wirklich von einem denken.«

Das Wort ›Selbstgespräche‹ hallte im Treppenhaus nach und wollte nicht verschwinden. Unfähig, etwas Passendes zu erwidern, starrte ich ihr hinterher, wie sie triumphierend die Treppe hinaufstapfte.

Ich hasste sie.

»Außerdem«, krähte sie, sich noch einmal umdrehend, »ist es eine Unverschämtheit, wie Sie fremden Leuten hinterherspionieren! Wenn Sie Ihre schmutzigen Phantasien nicht anders befriedigen können, tun Sie mir Leid!«

Tisch wohnte in einer unspektakulären Gegend am Stadtrand in einem weiß gekachelten Zweifamilienhaus.

Das Bauwerk war inzwischen in die Jahre gekommen und die Kacheln waren nicht mehr weiß, sondern schmutzig grau. Die Farbe passte genau zu der Gegend, auch das Wetter hatte sich der tristen Norm untergeordnet. Es nieselte lautlos und scheinbar grundlos, denn am weißen Himmel konnte ich keine Regenwolke ausmachen.

Ich fühlte mich ähnlich. Widerstrebend fand ich mich damit ab, dass die sonnigen Tage von Pennys Beerdigung der Vergangenheit angehörten.

»Schön. Da bist du ja«, begrüßte mich Rainer und nahm mir mein Mitbringsel aus der Hand, eine Flasche Rotwein. »Komm rein.«

Ich hatte eine biedere Wohnung erwartet, mit falschen Rembrandts an den Wänden und gestreifter Tagesdecke auf dem Sofa. Aber Rainers Zuhause war nicht bieder. Es war leblos. Es gab keine Pflanzen, keine Bilder an den Wänden, keine Teppiche. Irgendwo im Raum stand eine

Sitzgruppe aus Aluminium-Gestellen, die nicht mehr Polster pro Sitzgelegenheit boten, als eine Sitzfläche unbedingt brauchte. Henning mit seinem überdurchschnittlichen Sitzfleisch hätte stehen bleiben oder auf dem Parkettboden Platz nehmen müssen.

»Macht es dir was aus, die Schuhe auszuziehen?«, bat Rainer. Er hatte einen Lappen in der Hand und entfernte die Fußabdrücke, die meine Schuhe auf dem Parkett hinterlassen hatten. »Das gibt hässliche Flecken auf dem Holz.«

Es machte mir etwas aus. Denn ich fand die nassen Schweißabdrücke, die meine schuhlosen Füße auf dem Holz hinterlassen könnten, weitaus hässlicher. Da ich mir aber erbaulichere Themen für den Abend vorstellen konnte als die Veranlagung gewisser Menschen zu überdurchschnittlichem Schwitzen, erfüllte ich seinen Wunsch.

»Ich hoffe, du hast keine große Küche erwartet«, meinte Rainer. »Wenn du berufstätig bist, dann kommst du zu nichts mehr. Aber das kennst du ja.«

Er goss von dem mitgebrachten Wein ein. Dazu gab es Kartoffelchips, Salzstangen und Flips, die er aus knisternden Plastiktüten in verschiedene Holzschalen schüttelte. Dann setzte er sich mir gegenüber und rieb sich die Hände.

»Tja«, sagte er aufmunternd.

Eigentlich hatten wir vorgehabt zu reden. Aber da wir beide eher zum abwartenden Typ zählten, kam nichts Rechtes in Gang.

Die Chips knirschten, die Flipse knarpsten. Kaugeräusche hallten im nüchtern eingerichteten Wohnzimmer wider. Ich langte reichlich zu, denn so schaffte ich es, das Glucksen meiner Magensäuere zu übertönen. Schließlich hatte ich mich auf Abendessen eingestellt.

Da das Schweigen immer schwerer auf uns lastete, spätestens als die Kartoffelchips alle waren, kam ich auf die Grafik zu sprechen. Ich hatte sie auf einem Poster gesehen, das auf Rainers Badezimmertür klebte. Zwei

Kurven, eine schwarze und eine grüne, die einander kreuzten. Sie waren Bestandteile eines Diagramms, auf dessen X-Achse Nummern standen. Auf der Y-Achse gab es Abkürzungen: *Mk, Mt, Lk* und *Jo*. Ein Schriftstellen-Diagramm.

»Was bedeuten diese Kurven?«, fragte ich.

»Ein Kreuz«, korrigierte er mich mit der Andeutung eines Lächelns. »Es ist ein Kreuz.«

»Ach so.«

Er schien sich innerlich einen Ruck zu geben. Als hätte ich ihn darum gebeten, ein Geheimnis preiszugeben, was ihm eigentlich gar nicht so recht war. »Schon mal was von der *Bruderschaft der Betmänner* gehört?«

»Der Betmänner? Nein. – Ich bin nicht sehr religiös«, fügte ich entschuldigend hinzu.

»Nun, eine Religion kann man es eigentlich auch nicht nennen«, erklärte Tisch mit einem spitzbübischen Gesichtsausdruck, den ich ihm nicht zugetraut hatte. »Ich würde es eher als eine geistig-energetische Strategie bezeichnen.«

Rainer ging zu seiner Kunststoff-Alu-Schrankwand hinüber und nahm eine kleine Skulptur aus einem der Regale. Das grünschwarze Kreuz.

Der schelmische Zug war von seinem Gesicht verschwunden. »Das hier«, er deutete auf die schwarze Kurve, die mit ihrem Verlauf nach unten zeigte, »ist der Sündenstand der Welt. Und die grüne Kurve, das sind ihre Gebete. Grün, die Farbe der Hoffnung.«

»Welche Gebete?«

»Betmann, der Gründer der Bruderschaft, hat den Sündenstand der Welt ziemlich genau errechnet. Seit ihm wissen wir, wie viele Gebete benötigt werden, um den Untergang der Welt abzuwenden, der sonst unweigerlich droht, weil die Sünden Überhand nehmen. Und dazu müssen möglichst viele Betmänner rekrutiert werden.«

Seine Stimme hatte einen beharrenden, fordernden Unterton angenommen.

Ich ahnte, worauf er hinauswollte.

»Nein«, sagte ich. »Ich meine, Beten ist nicht so meine Sache.«

»Das sagen die meisten Menschen«, beruhigte er mich heiter. »Aber dann stellt sich heraus, dass sie irgendwann doch schon einmal zum Herrn gesprochen haben.«

Eigentlich hätte das das Eis zwischen uns brechen müssen. Zum ›Herrn‹! Das kam mir bekannt vor. Mein Vater, den ich kaum gekannt hatte, der hatte auch immer von ›dem Herrn‹ gesprochen. Damals hatte ich mir das so erklärt, dass er ihn so genannt hatte, weil er seinen Namen vergessen hatte.

Aber die Art, wie mein Kollege jetzt über ›den Herrn‹ sprach, flößte mir ein ungutes Gefühl ein. Während meine Magensäuere ihre Tätigkeit noch verstärkte, um das Knabberzeug zu verarbeiten, suchte ich nach einer Ausrede, um mich zu verabschieden.

»Ich habe das in der Firma auf dem Computer ausgerechnet«, fuhr Tisch fort. »Und die Sache steht gar nicht mal schlecht.«

Ich verdrückte mich für ein paar Minuten ins Badezimmer. Neben dem Spiegel hing ein weiteres Plakat mit dem grünschwarzen Kreuz:

ER kann auf uns zählen.
Betmänner sind in Form!
4. Internationale Betmeisterschaft
in Garmisch-Partenkirchen. 4.7.-19.7.1996.

»Tut mir Leid, Rainer, aber ich fühle mich nicht gut.«

Es war nicht mal eine Ausrede. Der Wein, die Chips und das Gerede über ›den Herrn‹ waren mir auf den Magen geschlagen.

»Tja. Schade, aber da kann man nichts machen. Hoffentlich ist es nichts Ernstes.«

Ich grinste schwach. »Ach was! Morgen ist das wieder vergessen.«

Rainer Tisch begleitete mich zur Tür. »Wir können das demnächst mal wiederholen, was hältst du davon?«

»Also – ja. Mal sehen«, antwortete ich ausweichend.

»Dann kann ich dir auch Informationsmaterial mitgeben. Und du bildest dir selbst ein Urteil.«

16

Am nächsten Morgen stolperte ich über ein Mountainbike, das mitten im Hauseingang parkte. Meine Wade brannte wie Feuer und ich brauchte ein paar Minuten, bis ich meinen rechten Fuß wieder normal belasten konnte. Mühsam, Schritt für Schritt, kraxelte ich die Treppe hinauf.

»Entschuldigung!«, rief jemand hinter mir her, als ich zu meinem Arbeitszimmer wollte. »Darf ich fragen, wer Sie sind?«

Auf Pennys Platz, hinter dem Tresen an der Tür, saß eine Frau. Sie hatte dunkles, bürstenlanges Haar mit violetten Strähnchen, die wie Luftschlangen aussahen, trug einen riesigen Ohrring und hatte schwarz lackierte Fingernägel. Jetzt wusste ich, wem das Mountainbike gehörte, dem ich die Schmerzen in meinem Fuß zu verdanken hatte.

»Sie kennen mich nicht«, wollte ich ihr das Missverständnis erklären.

»Nein«, bestätigte sie. »Deshalb ja die Frage.«

»Sie sind neu hier«, versuchte ich es noch einmal. »Penny, ich meine, Frau Paulussen, Ihre Vorgängerin, die kannte mich.«

»Das arme Ding«, meinte sie mit einer gähnenden Mundbewegung. Doch sie war nicht gelangweilt, sondern transportierte ihr Kaugummi von der einen Mundhälfte in die andere.

Rainer kam vorbei, nickte mir zu und erlöste mich aus der Situation. »Der gehört zur Firma.«

»Und Sie sind ...?«, wandte ich mich an sie.

»Frau Struck«, stellte Tisch sie vor. Dann deutete er auf mich: »Herr Schumm.«

»Benno«, sagte ich.

»Freya«, verriet Rainer.

»Frau Struck«, beharrte sie. »Der Chef hat schon nach Ihnen gefragt.«

Der Blick, mit dem sie mich musterte, erinnerte mich an Penny. Und das, obwohl sie äußerlich nichts mit ihrer Vorgängerin gemein hatte.

Oder doch? Wenn man sich das Haar ungefärbt und lang vorstellte, wenn sie nicht diesen monströsen Ohrring gehabt hätte und die burschikosen Klamotten ...

Ein verrückter Gedanke schoss mir durch den Kopf, als ich in mein Zimmer ging und ihren Blick, genau wie den der seligen Penelope, wie ein Egel an meinem Rükken kleben fühlte. Was, wenn sich hinter dieser mehr als auffälligen Tarnung in Wirklichkeit Pennys Schwester verbarg? Bei der Beerdigung hatte ich keinerlei Geschwister gesehen, aber das musste nichts bedeuten. Es gab genug Beispiele in zahllosen Spielfilmen, in denen sich die Schwester der Ermordeten unter falschem Namen und erschwindeltem Outfit in ihrer ehemaligen Firma einschlich, um den wahren Mörder zur Strecke zu bringen.

Der Chef sucht dich händeringend, teilte mir ein von Rainer verfasster Zettel auf meinem Schreibtisch mit.

Also verlor ich nicht noch mehr Zeit und machte mich auf den Weg. Vor Betzenbergs Tür hielt ich an, weil ich von drinnen Stimmen hörte.

»Also gut, vergessen wir die Sache einfach. Lassen wir den Etat sausen!«

»Ich habe nicht gesagt, dass wir sie vergessen sollen.«

»Schön! Du bist nur der Meinung, dass wir denen so einen üblichen, stromlinienförmigen Dutzendscheiß anbieten sollen! Nein, danke. Ohne mich.« Betzenberg redete vom Fenster aus. »Image, mein Lieber, verkauft man nämlich nur mit Image! Es rechnet sich nicht, Kampagnen unter unserem Niveau anzubieten. Auch wenn der Kunde sich das vielleicht so vorstellt.«

»Ich bin mit dir völlig einer Meinung«, versicherte Frank.

Adi lachte spöttisch auf. »Das hatte ich bisher auch gedacht!«

»Dann sag mir doch mal, Adi, was ist an diesem Spot Besonderes außer der Tatsache, dass er hoffnungslos hinter dem Dutzendscheiß zurückbleibt?«

»Ach, hör doch auf!«

»Erklär's mir, ehrlich, ich will es wissen.«

Adi schmollte und dachte nicht daran, es zu erklären.

»Eine Frau am Straßenrand. Reifenpanne. Das Klischee ist doch so alt, dass man da nicht mal mehr Feministinnen auf die Palme bringen kann. Schwule und Lesben, die sind angesagt. Aber kein armes Frauchen, das hilflos der Technik ausgeliefert ist.«

»Es geht nicht um Klischees. Es geht um die Pointe.«

»Wo ist denn da eine Pointe?«

»Die Pointe ist, dass der Typ in der Ente zwar der Frau bei der Panne hilft, sie aber mit dem Schönling im Porsche abzieht. C'est la guerre!«

»Verstehe. Das ist die Pointe«, wiederholte Frank nachdenklich.

Adi schlug mit der Hand auf den Tisch. »Ach, Schluss damit! Gib mir das Zeug schon rüber, dann ziehe ich das allein durch.«

Das war der Moment, als ich eintrat. »Entschuldigt die Verspätung«, sagte ich und tat abgehetzt, damit sie nicht auf die Idee kamen, ich hätte gelauscht.

»Hör mal«, fuhr Adi mich an, »hab ich dir nicht schon mal erklärt, dass das hier keine Kaffeefahrt ist? Sondern eine Firma, in der hart gearbeitet wird! Wenn du ausschlafen willst, dann geh lieber zur Konkurrenz!«

»Er meint damit, dass unsere Konkurrenz ausgeschlafen ist«, witzelte Frank.

Ich war ihm dankbar dafür, dass er mir zu Hilfe kam, indem er Betzenberg hochnahm. Außerdem bewunderte ich seine respektlose Art, mit dem Chef umzuspringen.

»Haha«, machte Adi. Er kaute die Worte und spuckte sie aus, als fände er sie widerlich. »Sehr witzig.«

»Ich finde«, meinte Frank Myllendonck, »wir sollten etwas ganz anderes machen. Keinen Inhalt, keine Message. Nur *Altruism.* Ein winziger Hauch Erotik, das ist schon alles. Die Leute können nichts mehr anfangen mit Inhalten.«

Betzenbergs wütender Blick streifte mich und kehrte wieder zu mir zurück. Er blieb an mir hängen.

Sein Gesicht glühte wie eine überhitzte Herdplatte und das Sahnehäubchen auf seinem Kopf war verwuschelt. Es sah lächerlich aus, wie ein unpassendes, vergessenes Karnevalsutensil.

Es bereitete mir Genugtuung, ihn so zu erleben.

»Mich würde deine Meinung interessieren«, sagte er.

Sein Blick war immer noch wütend, aber es war ein kleiner Schuss Amüsement hinzugekommen, der für eine gewisse Entspannung sorgte. Ihm war eine Idee gekommen.

Adi erhob sich und kam auf mich zu. Er baute sich vor mir auf und ich registrierte zum ersten Mal, dass er ein Stück kleiner war als ich. Außerdem schwitzte auch er.

»Unser guter Frank findet, dass der Spot ohne Saft und Kraft ist. Keinen Biss hat. Kurz und gut: Es ist eine blöde Idee. Wie denkst du darüber?«

Das also amüsierte ihn! Ohne ein Wort darüber zu verlieren, hatte Adi mir die Idee geklaut. Er hatte darauf spekuliert, dass ich mich nicht mucksen würde, und sein Kalkül war aufgegangen. Damit nicht genug: Jetzt rechnete er ausgerechnet auf meine Hilfe! Natürlich musste ich diesen Spot für gut halten, sonst hätte ich ihn schließlich nicht zu Papier gebracht! Was für eine schmierige, hinterhältige Art!

»Also, ich weiß nicht so recht ...«

Frank beobachtete mich aus den Augenwinkeln mit scheinbar gleichgültigem Gesicht. Gerade noch hatte er mir den Rücken gestärkt. Im richtigen Moment hatte er mit einem bissigen Wortspiel den Chef schlecht aussehen lassen.

Wenn ich mich jetzt für meine Samariter-Idee aussprechen würde, dann würde er nicht mal enttäuscht sein. War auch nicht anders zu erwarten, würde er denken, dass einer wie der sich beim Chef lieb Kind machen würde.

Es war Zeit, ihm eine Überraschung zu bereiten.

»Du weißt nicht so recht«, bohrte Adi ungeduldig nach.

»Ehrlich gesagt, ich finde den ganzen Spot ziemlich armselig.«

»Armselig?« Adi prustete los und ließ ein schrilles, wieherndes Lachen folgen. »Armselig!«

»Ja. Du hast doch selbst gesagt, dass Werbung keine Arbeit ist, sondern ein kreatives Spiel. Aber ein Spiel muss Spaß machen. Und dieser Spot – nimm es mir bitte nicht übel –, der erinnert mich entfernt an das Gleichnis vom barmherzigen Samariter.«

»Armselig!«, wiederholte Betzenberg gackernd, als sei dieses Wort für sich genommen eine seiner berühmten Pointen.

Ich begegnete Franks anerkennendem Blick und fühlte mich ermutigt fortzufahren. »Gleichnisse zu erzählen, das ist Sache der Priester. Die Werbung hat nichts damit zu tun. Sie will Aufmerksamkeit erregen und das klappt nicht mit Selbstzitaten. Ich bin derselben Meinung wie Frank. Wir sollten etwas ganz anderes machen.«

Adrian Betzenberg hatte genug gelacht. Er saß auf dem Schreibtisch und starrte angestrengt aus dem Fenster. Weder Frank noch mich schien er wahrzunehmen.

Wir warteten über eine Minute.

»Na schön«, sagte er, in die Hände klatschend, und in seiner Stimme schwang ein mimosenhafter Unterton mit. »Sieht so aus, als wäre ich überstimmt, was?« Die Leichtigkeit, die er uns vorspielte, war so schwer, dass er seine Mundwinkel nur mit erheblicher Mühe zu einem Lächeln aufrichten konnte. »Also gut, bringt mir eine neue Idee. Aber lasst euch nicht viel Zeit, ja?«

»Aye, aye, Captain«, machte Frank.

Die Besprechung war beendet.

Ich verließ mit Frank das Chefzimmer in dem satten Gefühl, eine Schlacht gewonnen zu haben. Wir beide zusammen waren nicht so einfach zu schlagen.

»Einen Moment noch!« Adi winkte mich zurück.

Ich kehrte um und stand ihm allein gegenüber.

Er schloss die Tür.

»Tja«, sagte er, »das ist *Visions & Moments*. Eine Hand voll Verrückte, die verrückte Ideen haben, nicht wahr?«

»So ähnlich«, bestätigte ich.

Er kam mir ganz nahe.

»Aber das ist natürlich nicht wörtlich gemeint, Benno. Verrückt kann man auch negativ verstehen. Zum Beispiel im Sinne von neunmalklug, wenn man als Amateur den Profis Vorträge hält, wie sie ihren Job machen sollen.«

»Zum Beispiel«, gab ich zu. Was erwartete er von mir? Dass ich vor ihm zu Kreuze kroch? »Also dann ...« Ich wandte mich zur Tür.

Adi kam hinter mir her. »Vielleicht wärst du gar nicht so schlecht in diesem Job«, sagte er leise. »Doch das interessiert mich nicht. Mich interessiert viel mehr, dass du ein armes Würstchen bist mit Schiss in der Hose. Du kneifst, wenn du dich nicht hinter anderen verstecken kannst, hab ich Recht?«

Ich starrte ihn an und brachte kein Wort heraus.

»Dein Praktikum ist so gut wie zu Ende, das wollte ich dir nur noch sagen. Und dass du das ruhig persönlich nehmen kannst, das wollte ich dir auch sagen.«

Ich ließ ihn stehen. Er schloss die Tür hinter mir.

Auf dem Weg zu meinem Zimmer stieß ich mit Frau Struck zusammen.

»Heh, pass doch auf! Bist du besoffen, oder was?«

Nachdem ich eine geraume Weile auf meinen Monitor gestarrt hatte, der nicht mal eingeschaltet war, hatte sich mein Herzschlag wieder so weit beruhigt, dass ich klar denken konnte.

Adi Betzenberg glaubte, er könnte uns beide, Frank und mich, auseinander dividieren. Darin täuschte er sich. Er glaubte außerdem, dass ich, der seiner Meinung nach ein Würstchen war, sich diese kleine Gardinenpredigt gefallen lassen würde. Auch darin täuschte er sich.

Und was schließlich und endlich ihn selbst anging, so schien er anzunehmen, er könne sich mit uns beiden, Frank und mir, anlegen und dann einfach so weiterleben.

Sein dritter Irrtum.

17

»Was verschafft mir die Ehre deines Besuchs?«, fragte ich Henning.

Er antwortete nicht, beachtete mich nicht einmal. Er kam einfach herein.

Ohne um Erlaubnis zu fragen, machte er einen Kontrollgang durch meine Wohnung.

»Seit wann rauchst du?« Er hielt einen der vollen Aschenbecher hoch. Ich war noch nicht dazu gekommen, ihn wegzuräumen.

»Ich rauche nicht. Vorgestern waren ein paar Leute zu Besuch.«

»Wem willst du das weismachen?«

Er zwängte seinen massigen Körper sogar ins Bad. Als er wieder herauskam, hielt er eine Feuchtigkeitscreme in der linken und den schwarzen BH in der rechten Hand. »Kann verstehen, wenn du nicht darüber reden willst«, sagte er. »Aber du solltest das dringend mit einem Arzt besprechen.«

»Jetzt sag mir endlich, was du hier zu suchen hast!«, brauste ich auf.

Henning legte die Utensilien auf meinem Bücherregal ab, kam zu mir herüber und ließ sich in einen Sessel fallen. Sein Ton war überaus freundlich. »Ein vernünftiges Gespräch führen«, sagte er. »Unter Brüdern.«

»Unter Halbbrüdern«, verbesserte ich ihn. »Wieso sollte ich keinen Besuch gehabt haben?«

»Wieso nicht? Meinetwegen können wir über die alten Kumpels reden, die dir die Bude vollgequalmt haben, bitte sehr. Oder über die geile Braut, mit der du eine unvergessliche Nacht verbracht hast. Aber das bringt doch nichts. Wir beide wissen es besser.« Er grinste brüderlich und langte mit seiner Tatze nach mir. »Ich weiß doch, wie das ist, wenn man alleine lebt, glaub mir.«

Er wusste es nicht. Er hatte nicht die leiseste Ahnung. Wenn Henning vom Alleinleben redete, dann meinte er die Vorzüge seines Singledaseins. Du machst, was du willst, verdienst ordentlich Kohle und das Beste dabei ist, du musst mit niemandem teilen! Kein Klotz hängt dir am Bein. Wozu kochen, wenn du jeden Tag auswärts essen kannst? Wenn es um Beziehungen geht, dann kommen sie dir damit, dass es unvernünftig sei, eine Kuh zu kaufen, wenn du Lust auf ein Glas Milch hast. Dein Bett bleibt immer warm, aber es riecht nicht immer gleich. Wenn's dir schlecht geht, bist du der Einzige, der dir Leid tut, aber natürlich weinst du dich auch bei anderen gerne darüber aus, wie hart es mitunter sein kann, an Weihnachten bei der Single-Party daran zu denken, dass jetzt alle anderen vor dem Weihnachtsbaum stehen. Diese Typen kenne ich reichlich aus dem Fernsehen. Typen wie Henning, der Großkotz.

»Siehst du, Bruderherz«, sein Finger deutete entlarvend auf mich, »du redest schon mit dir selbst, auch dann, wenn du nicht alleine bist. Das ist ein Zeichen.«

Mit glühendem Gesicht starrte ich vor mich hin. Wieso verschwand er nicht einfach?

»Na schön«, fuhr er ungerührt fort. »Ich bin wieder einmal dabei, deine Angelegenheiten ein wenig in Ordnung zu bringen. Gerade noch rechtzeitig, bevor ich nächste Woche nach Lima abfliege. Ab und weg.«

»Worauf wartest du noch?«

»Das ist der Titel der Serie. *Ab und weg*. Die deutsche Übersetzung von *up 'n away*. Ein Reisemagazin als Familienserie verpackt, ist zurzeit der große Renner. Wir drehen zwei Monate. So lange hast du Ruhe vor mir.«

»Mir würde es schon reichen, wenn du dich aus meinen Angelegenheiten raushalten würdest.«

»Dafür ist es ein wenig zu spät, findest du nicht? Erst hängst du mir am Rockzipfel und gibst nicht Ruhe, bis ich meine Beziehungen für dich spielen lassen. Und jetzt willst du davon nichts mehr wissen. Na schön, wenn du den tollen Typen spielst, okay. Aber nicht okay, wenn du dich mit den Leuten anlegst, die ich für dich weich geklopft habe. Leute, die zufällig meine Freunde sind.«

»Wovon redest du eigentlich?«

Henning kämpfte sich aus dem Sessel hoch und nahm vor mir Aufstellung. Bedrohlich hoch und breit wie eine Wand ragte er vor mir auf. »Wovon ich rede? Adi Betzenberg ist ein uralter Kumpel von mir. Du schleimst dich bei ihm ein und er lässt dich gewähren, obwohl das, was er von dir so zu sehen kriegt, nicht gerade einen hoch begabten Eindruck hinterlässt. Aber Adi gibt dir eine Chance, dann noch eine. Und was machst du? Du meinst, du könntest in der Firma Punkte sammeln, wenn du ihm einen Tritt verpasst. Natürlich erst, wenn er dir den Rücken zukehrt.«

»Was?!« Mir entfuhr ein völlig unpassendes, irres Gelächter. »Hör mal, Henning, du glaubst doch nicht, was der dir erzählt! Soll ich dir mal sagen, was da abgelaufen ist? Erst hat er mir einfach so meine Idee geklaut. Eine von denen, die auf ihn einen so jämmerlich unbegabten Eindruck gemacht haben. Und dann hat er ...«

»Nein!« Sein erhobener Arm gebot mir zu schweigen. »Du brauchst mir nichts zu erklären, Benno! Es ist mir völlig egal, was da abgelaufen ist. Adi ist der Chef, begreif das doch endlich. Er hat mir den Vorfall geschildert und ...«

»Aber das ist frei erfunden!«

»Scheiß drauf! Wie oft soll ich dir das noch sagen! Versuch mir nicht zu erklären, worauf es in dem Job ankommt. Und halte deinem Chef keine Vorträge, wie er seine Arbeit tun soll!«

»Aber ...«

Der zweite Arm schwang hoch und ich verstummte.

»Mein Vorschlag: Erstens, du suchst dir einen Therapeuten. Versteh das bitte nicht falsch, Bruderherz. Ich halte dich nicht für einen Psychopathen oder so was. So ein Therapeut ist nichts Abstoßendes. Es ist wie beim Fernsehen: Als das Ding erfunden wurde, hatten nur ein paar verrückte Typen eins. Aber heutzutage verfügt jeder Haushalt über mindestens ein Gerät. Eines Tages triffst du keinen mehr, der nicht gerade irgendeine Therapie macht.«

»Aber wozu, zum Teufel, sollte ich irgendeine Therapie machen?«

»Nicht irgendeine.«

Henning stampfte zum Bücherregal und nahm den BH heraus. »Das hier solltest du angehen, ehe es zu spät ist. Es gibt die verschiedensten Veranlagungen, man muss nur damit umgehen lernen.«

»Verdammt noch mal, Henning, wovon ...«

»Psychologisch gesehen, gehört den Angepassten die Welt. Die nicht Angepassten sitzen in der Klapse. Das hab ich irgendwo mal gelesen. Denk drüber nach.«

»Henning!«

Meine Stimme war schrill vor Wut, trotzdem setzte er sich mit seinem Organ gegen mich durch.

»Oder sie tragen heimlich Büstenhalter. Egal, Brüderchen. Wenn du schon dabei bist, dann kannst du deinen Therapeuten auch an die andere Sache setzen. Du weißt schon: Umgänglichkeit, Einfühlungsvermögen. Und was ganz wichtig ist: Kontaktfähigkeit.«

»Du kannst mich mal, Henning!«

»Moment! Jetzt zu meiner Gegenleistung.«

Seine fette Hand berührte meinen Arm. Ich zuckte zurück.

»Heute Abend treffe ich mich mit Adi. Das ist bei uns schon so was wie eine Tradition geworden. Ein Arbeitsessen unter alten Freunden, das machen wir jedes Jahr. Und da könnte ich ein gutes Wort für dich einlegen. Mein kleiner Bruder ist noch neu in dem Geschäft, werde ich ihm sagen. Er muss sich die Hörner abstoßen und bedauert, sie gegen dich gerichtet zu haben. Gib ihm noch eine Chance, Adi, auch wenn es viel verlangt ist. – Darf man fragen, was daran so komisch ist?«

Ich musste auf einmal lachen. Was daran komisch war, konnte ich Henning nicht sagen. Ich gackerte los und konnte nicht aufhören. Ich prustete und quiekte. Tränen rannen mir aus den Augen.

»Bruderherz, du machst mir Angst ...«

Ich konnte meinen Halbbruder sogar verstehen. Ich wusste ja selber nicht, was mit mir los war. Aber während das Lachen von mir Besitz ergriff und meinen ganzen Körper zum Zucken brachte, bis ich brüllte, spürte ich, wie meine Anspannung sich löste.

Ich fühlte mich immer besser.

»Adi Betzenberg!«, schrie ich. »Diese Leuchtboje auf zwei Beinen. Glaubt der denn im Ernst, ich würde mich bei ihm entschuldigen?«

Dann plötzlich begriff ich den Anlass meines Lachanfalls. Frank Myllendonck und ich, wir hatten Adi ordentlich in die Ecke getrieben und jetzt wusste er nichts Besseres, als sich hinter dem berühmten Henning Schumm zu verstecken! Wie jämmerlich! Das bedeutete doch, dass er sich geschlagen gab. Frank und ich, wir beide waren ein Dream-Team.

Ich hatte mich wieder unter Kontrolle. »Diesen – Quatsch mit Soße, den glaubt er doch nicht wirklich, oder?«, fragte ich, müde und heiser vom Lachen.

»Er hofft es«, sagte Henning eisig. »Ich bin derjenige, der es wirklich glaubt.«

Er setzte sich in Richtung Tür in Bewegung. Bevor er draußen war, drehte er sich noch einmal um.

»Sonst werde ich dich eigenhändig feuern, Prediger, verlass dich drauf. Und eine andere Stelle wird es für dich nicht mehr geben.«

18

Henning hatte es immer schon Spaß bereitet, mich wie einen belämmerten Idioten aussehen zu lassen. Höchstwahrscheinlich hat ihm das geholfen, ein Star zu werden. Ich war die Krücke gewesen, die sein Ego zum Blühen gebracht hatte.

Die Komödie mit Adi Betzenberg hatte er ausschließlich zu seinem privaten Vergnügen inszeniert. Nur deshalb hat er mir den Job besorgt und mich in den teuren Fummel der Werbefritzen gesteckt, um mich mit einem gezielten Tritt in eine lehmige Pfütze zu befördern und sich an meinem lächerlichen Anblick zu weiden.

Das war nichts Neues. Allerdings wusste er nicht, dass die Sache jetzt anders aussah. Henning hatte nicht die leiseste Ahnung, dass die Zeiten vorbei waren, da ich auf Gedeih und Verderb von seinen Launen abhängig war. Er tat mir Leid.

Zehn Minuten, nachdem mein Bruder wieder verschwunden war und sich mein Pulsschlag allmählich wieder beruhigte, hatte ich plötzlich das Bedürfnis, mit Frank zu reden. Ich wollte ihm von Adis armseliger Verschwörung berichten, seinem lächerlichen Versuch eines Gegenschlags, den er nur zustande brachte, indem er sich den großen Henning Schumm als Verbündeten suchte. Ich war gespannt auf Franks Gesicht, auf sein amüsiertes Grinsen und auf eine seiner berühmten sarkastischen Bemerkungen.

Wenn ich ihn am Sportplatz abfing, konnte ich ihn vielleicht zu einem Bier überreden. Vorsichtshalber schnallte ich mein Speckbrett auf den Gepäckträger und radelte los. Es war ein milder Frühlingsabend, für alle, die sich gerne in Form hielten, ideal zum Sporttreiben.

Auf den Plätzen war Hochbetrieb. Hunderte von jungen, gut aussehenden Leuten huldigten dem großen Gott unseres Jahrzehnts, dem Gott der Fitness. Sie brachten ihren sauer verdienten Feierabend als Opfer dar und er würde sie mit ebenso gut aussehenden Freunden und Lebensabschnittspartnern belohnen.

Ich probierte es überall, wo ich Frank Myllendonck schon einmal gesehen hatte, nachdem er damals seinen Stammplatz aufgegeben hatte. Aber ich konnte ihn nicht auftreiben.

Zurück zu Hause nahm ich allen Mut zusammen und wählte seine Nummer.

»Ja?« Es war Amandas Stimme. Sie klang kalt und unfreundlich.

Das machte mich unsicher. »Ich, eh – hallo, könnte ich Frank sprechen?«

»Moment!«

Ein schabendes Geräusch. Sie deckte die Sprechmuschel mit der Hand ab.

»Wer ist denn da?«, meldete sie sich nach ein paar Sekunden wieder.

»Hier ist Benno.«

»Welcher Benno?«

»Benno Schumm. Ich bin ein Kollege von Frank. Wir haben neulich zusammen Speckbrett ...«

»Ach ja, stimmt.«

Es schabte wieder.

»Hallo?«, fragte sie dann.

»Ja. Könnte ich ...«

»Tut mir Leid. Er ist nicht da.«

Mit wem hatte sie denn dann gesprochen? Nachdem ich aufgelegt hatte, versuchte ich, das merkwürdige Gespräch zu vergessen, aber es ging mir nicht aus dem Kopf. Im Gegenteil, es breitete sich da immer weiter aus wie ein wucherndes Unkraut. Eine böse, leise Stimme stellte bohrende Fragen, die nicht zur der neuen Partnerschaft zwischen Frank und mir passten.

Höchstwahrscheinlich hatte Amanda Besuch. Eine Freundin, Verwandte, ein alter Bekannter – es war absolut überflüssig, sich darüber Gedanken zu machen. Aber in diesem Fall ergab es keinen Sinn, wieso sie die Muschel zugehalten hatte. Und warum hatte sie, erst nachdem ich meinen Namen genannt hatte, gewusst, dass Frank nicht zu Hause war?

Um mich abzulenken, schaltete ich die Glotze an und zappte durch die Kanäle. Gameshows, dann Werbung, Morde, dann Werbung, Fußball, dann Werbung. Ein Asteroid stürzte auf die Erde und San Francisco, New York, Paris und Hamburg wurden in wenigen Sekunden von einer gigantischen Flutwelle überrollt. Mir fiel auf, dass es eine Flutwelle aus wiehernder, gackernder Comedy war, viel scheußlicher und tödlicher als das Wasser aller Ozeane zusammengenommen. Angeekelt schleuderte ich die Fernbedienung in die Ecke.

Es war einer der Abende, an denen ich mich hasste. Alles, was ich berührte, wurde fad und modrig. Ich war ein Kranker mit fauligem Atem, der sich nicht ins Bad traute, weil es dort einen Spiegel gab. Niemand durfte mich so sehen, nicht einmal ich selbst. Am wenigsten Frank Myllendonck oder Amanda.

Noch keine Stunde war es her, da hatte ich mich gefühlt wie die agilen Freizeitsportler im Grüngürtel. Attraktiv und gesund. Gefragt. Es ist ein schönes Gefühl, gefragt zu sein. Euphorisierend wie eine Droge.

Nicht gefragt zu sein ist dagegen lähmend, wie ein stinkender Ausschlag. Du musst es verbergen, sonst haben die Leute Angst vor Ansteckung. Es gibt Tausende, Millionen von Menschen, die unter der Krankheit des Nicht-gefragt-Seins leiden. Aber niemand will entdeckt werden. Das ist nämlich noch schlimmer als die Vorstellung, von ihr dahingerafft zu werden.

Früher, als ich noch Pfarrer werden wollte, habe ich einiges über das Alleinsein gelesen. Einsamkeit, das muss nicht unbedingt negativ sein. Es gibt eine freiwillige, mönchische Einsamkeit. Eine recht erbauliche Form des Alleinseins. Auch eine Einsamkeit des Alters, eine zurückschauende, in sich ruhende. Nicht sehr angenehm, trotzdem kann sie erfüllt sein. Ich weiß das von der Betrachtungsliteratur aus der Besinnungsecke.

Aber nirgendwo stand etwas über das Alleinsein vor der Glotze. Das in der Pommes-Bude. Das ist nicht erfüllt. Auch nicht reinigend.

Henning wusste nicht, wovon er sprach. Wie denn auch? Er hatte nicht einmal Bücher gelesen, die sich mit dem Thema beschäftigten.

Aber er hatte ein sicheres Gespür für Leute wie mich. Wir konnten ihm nichts vormachen.

Ich hatte schon den zweiten Whisky gekippt und fühlte mich immer noch nicht besser. Vom winzigen Austritt meiner Dachwohnung aus sah ich über die Dächer, lauschte auf die gedämpften Unterhaltungen der Leute auf den Balkonen ringsum. Obwohl es schon zehn vorbei war, war es immer noch recht hell und warm, fast wie am Spätnachmittag. Ich sog die Abendluft ein wie ein Erstickender, der sich mit letzter Kraft aus einer gasverseuchten Wohnung rettete. Keine Frage, ich musste hier raus.

Diesmal radelte ich in die entgegengesetzte Richtung. Ließ die schmucken Reihenhäuser hinter mir und die Schmalspur-Villen am Stadtrand. Durchquerte den Grüngürtel und passierte Hunderte von Kleingärten. Dahinter begann die erlauchte Wohngegend.

Als ich an Adi Betzenbergs Gartenzaun stand, setzte erst ganz allmählich die Dämmerung ein. Vom Pool her tönte ein ausgelassenes Frauenkreischen herüber.

Das Tor zur Kiesauffahrt war diesmal geschlossen. Ich ging in die andere Richtung außen am Grundstück entlang und fand eine Stelle, wo man unter dem Zaun hindurchschlüpfen konnte. Mein Speckbrett benutzte ich als Machete, um mir durch die Brennnesseln einen Weg zu bahnen. Ich stieß auf eine Steintreppe mit vermoosten Stufen und stieg hinauf auf eine Bodenwelle, die den Rasen abgrenzte. Von hier aus, versteckt hinter einem Busch, konnte ich alles überblicken.

Das also war Hennings ›Arbeitstreffen‹: eine schlüpfrige kleine Party am Pool. Er und sein alter Kumpel Adi lungerten am Rand des blauen Wassers herum und trugen, soweit ich sehen konnte, nichts als Badetücher, Henning eins in Lila, Adi eins in Grün. Zwei Mädchen nahmen an der ›Besprechung‹ teil. Die mit der Kreischstimme, eine füllige Blondine, kuschelte sich an Henning, dessen Hand sie unter ihrem Bademantel begrapschte. Sobald sie etwas Lohnenswertes ertastet hatte, bekam sie dafür ein Kreischen.

Das andere Mädchen stieg gerade aus dem Pool. Eine Drahtige mit Bürstenhaarschnitt, deren violetter Tangaslip gut zu den Strähnchen in ihrem Haar passte. Freya Struck, die neue Empfangsdame. Offenbar hatte sie sich eine steile Karriere vorgenommen, die an der üblichen Warteschlange vorbeiführte.

Mir wurde klar, dass der Grund meiner Rastlosigkeit nicht das Bedürfnis war, Frank zu treffen. Von Anfang an hatte es mir hierher gezogen. Ich wollte mit anhören, wie Henning, mein Halbbruder, meinen eitlen Chef bauchpinselte. Wie die beiden sich köstlich über mich amüsierten und alles, was ich bisher in der Firma getrieben hatte, in ihrem angesäuselten Lachen ertränkten. Wie sie nach Luft japsten, während Henning seinem Spezi röhrend von der Auseinandersetzung mit mir berichtete und mit der linken Hand die Brüste der Blondine tätschelte.

Ich fand, dass die beiden kein Recht hatten, sich über mich auszuschütten.

Und ihre neckischen Spielchen wollte ich ihnen auch verderben.

»Heh, wo gehst du hin?«, rief Adi Henning hinterher, der sich mühsam aufgerappelt hatte und in Richtung Terrasse trottete.

Henning blieb stehen und schwankte ein bisschen hin und her. »Tja, ich wollte pinkeln gehen«, verkündete er stolz. »Vielleicht hat ja eine der Damen Lust, mich zu begleiten ...«

Die Kreischerin quiekte vor Wonne, während sich Adi an Freya heranmachte. Sie wich vor ihm zurück, was dazu führte, dass ich die beiden aus den Augen verlor. Ich beugte mich ein wenig vor.

Plötzlich knackte es. Es war ein regelrechter Knall. Der Ast, auf den ich mich gestützt hatte, war gebrochen. Ich purzelte kopfüber den Hügel hinunter bis zum Fuß der kleinen Treppe.

»Heh, was war denn das?«, hörte ich Henning rufen. »Hast du etwa Großwild im Garten, das du mir bisher verschwiegen hast?«

»Wahrscheinlich wieder der Hund vom Nachbarn! Ich hab ihm schon hundertmal gesagt, er soll ihn einsperren! Hätte nie gedacht, dass Hunde solche Spanner sind ...«

Leider beruhigte mich der Irrtum nicht. Denn Adis Stimme wurde lauter. Sie näherte sich. Er wollte zur Sicherheit nachschauen.

Im ersten Moment dachte ich nur an Rückzug. Doch dann fiel mir Frank ein und das, was er über frühzeitigen Rückzug dachte. Außerdem war es an der Zeit, Adi gründlich den Spaß zu verderben.

Also schnappte ich das Speckbrett und drosch auf die Brennnesseln ein, bis Adi oben auf dem Hügel erschien.

»Ach, nee«, grinste er böse, sobald er mich entdeckte.

Eigentlich war er es, der zum Lachen aussah. In Schlappen und grünem Badetuch, das er unter den Achseln zusammengebunden hatte. Adi glich einem Laienschauspieler, der einen römischen Feldherrn darstellen wollte.

»Was führt dich denn her, du Null?«, brüllte er und begann, den Hügel hinabzusteigen. »Willst du mir ein paar Unverschämtheiten an den Kopf werfen, die du vorher am PC sorgfältig ausgearbeitet hast?«

Sein dämliches Grinsen machte mich wütend, vor allem, dass er sich damit auch noch witzig vorkam.

»Jetzt halt bloß die Luft an!«, schrie ich. Meine Stimme zitterte vor Wut und Angst.

Er machte einen Schritt auf mich zu. Sein Badetuch blieb an dem Ast hängen. Adi stand nackt vor mir. Sein Körper war trainiert. Vielleicht hatte er auch eine gesunde Farbe. Aber im Kontrast zu seinem puterroten Gesicht fiel sie unnatürlich bleich aus. Sie erinnerte an die Farbe der Asseln, die ohne Tageslicht leben und erst zum Vorschein kommen, wenn man im Garten einen Stein umdreht.

»Heh, Henning, jetzt rate mal, wer hier ist!«, brüllte er.

»Wer denn?« Hennings Stimme war noch weit weg. Er war noch auf dem Rückweg von der Toilette.

»Niemand!«, brüllte Adi. »Niemand höchstpersönlich.«

»Ich wollte dir keine Unverschämtheiten an den Kopf werfen«, rief ich und der Hass verlieh meiner Stimme Kraft, »sondern das hier!«

Ich schleuderte das Speckbrett in seine Richtung. Wie ein fliegende Untertasse sauste es direkt auf ihn zu und erwischte ihn an der linken Schläfe.

Ich war selbst überrascht über meine Zielgenauigkeit.

Genau wie Betzenberg. Er taumelte, rutschte weg und knallte mit dem Hinterkopf auf eine Treppenstufe. Dann rührte er sich nicht mehr.

»Was soll das heißen: niemand höchstpersönlich?«

Hennings Stimme! Nur noch ein paar Meter entfernt.

Ich hastete den Weg zurück, den ich gekommen war. Aber als ich gerade durch die Zaunlücke kriechen wollte, bemerkte ich einen Wagen, der sich im Schritt-Tempo auf der Straße näherte. Mein Rückweg war abgeschnitten.

Blitzschnell wendete ich und sprang in das Gestrüpp aus Unkraut und Büschen. Darin kämpfte ich mich, parallel zum Rasen, in Richtung Einfahrt durch.

»Ach, du Scheiße! Ach, du heilige Scheiße!«

Henning hatte, wie ich hörte, seinen Kumpel entdeckt.

Dann kreischte die Blondine los, dass es mir in den Ohren gellte.

»Die Polizei!«, schrie Henning. »Wir müssen sofort anrufen!«

Ich hatte es so gut wie geschafft. Während die drei drüben Adi begafften, trat ich ziemlich unbehelligt aus dem Gestrüpp und klopfte mir die Blätter von der Hose.

»Da drüben!« Der gellende Schrei ließ mich zusammenzucken.

Die Blondine hatte mich entdeckt und zeigte, während sie kreischte, mit dem Finger in meine Richtung.

Im selben Moment setzte sich Henning in Bewegung. Aber der Sprint war nicht gerade seine Stärke. Wie viele Stunden braucht ein Supertanker, um aus dem Stand auf Höchstgeschwindigkeit zu beschleunigen? Henning sah lächerlich aus und er kam kaum vom Fleck, weil seine Hauptsorge war, im Laufen das Handtuch nicht zu verlieren. »Halt!«, brüllte er. »Stehen bleiben, du Schwein!«

Er hatte keine Chance, mich einzuholen.

Ich konnte sogar in aller Ruhe über das Eingangsportal klettern. Als ich auf der anderen Seite wieder heruntersprang, stolperte ich über ein Fahrrad, das jemand dort abgestellt hatte, und schürfte mir den Knöchel auf. Es war ein lila schimmerndes, stämmiges Mountainbike.

19

Dieses Mal bereute ich meine Tat nicht. Keine batteriebetriebenen Fliegen umschwirrten mich und flüsterten mir meine Schuld ins Ohr, bis ich glaubte, wahnsinnig zu werden. Adrian Betzenberg tat mir nicht Leid.

Trotzdem schwitzte ich meine Bettwäsche nass und dämmerte von einem wirren Traum zum nächsten. Woher wollte ich denn wissen, ob es Adi wirklich erwischt hatte? Vielleicht war er mit einer leichten Gehirnerschütterung davongekommen. Er und mein fetter Halbbruder waren längst bei der Polizei aufgekreuzt, die daraufhin eine Fahndung eingeleitet hatte und jeden Moment an meiner Tür klingeln würde.

Ich schreckte im Bett hoch und starrte Löcher ins Dunkel meines Schlafzimmers. Dann ließ ich mich zurücksinken und zog mir die Decke über den Kopf. Mit Mühe widerstand ich der Versuchung, mitten in der Nacht loszugehen und mich zu vergewissern, dass Adi wirklich tot war. Ich würde mich in den Garten schleichen und nachsehen, ob er immer noch reglos auf den Steinstufen lag, so, wie ich ihn zurückgelassen hatte.

Als ich mich schon erleichtert abwenden wollte, zuckte sein Körper plötzlich. Grauen ergriff mich, dabei war ich mir im nächsten Moment sicher, dass ich mich geirrt hatte. Ein Toter konnte nicht zucken, so ein Unsinn! Doch dann zuckte der Leichnam ein zweites Mal, ein drittes sogar. Klar und deutlich. Immer öfter. Mir wurde heiß und kalt und meine Augen schienen sich nach außen zu stülpen. Trotzdem gelang es mir nicht, die Augen abzuwenden.

Er lachte. Adi zuckte nicht einfach so, es war ein Lachen, dass seinen Körper schüttelte. Es wurde immer schlimmer und Adi schaffte es, sich mit Hilfe der Lachschübe allmählich aufzurichten. Schließlich stand er vor mir, nackt und weiß mit rot leuchtendem Kopf, ein butterfarbener Zombie mit elektrischem Licht, der die Augen aufschlug. Sein irrer, leerer Blick stierte in meine Richtung.

»Verstehst du jetzt, was ich meinte?«, wieherte Adi. »Das mit dem ›Niemand höchstpersönlich‹. Und der Treppenstufe hier.« Er gluckste. »Das war die Pointe, haha!«

Ich rannte los, besser, ich taumelte, denn meine Beine

waren puddingweich, dass ich keinen ordentlichen Schritt auf die Reihe bekam.

»Aber das mit dem Brett, das du mir das an den Kopf werfen wolltest«, brüllte er mir hinterher. »Ich meine, dieses Wortspiel, das war gar nicht schlecht!« Eine neue, wilde Lachsalve unterbrach ihn. »Es war sogar wirklich gut ...!«

Auch wenn es nur ein Traum war, Adi hatte Recht. Das mit dem Brett war gut gewesen, wie sich am nächsten Tag erwies. Nachdem ich ihn gestern das letzte Mal lebend gesehen hatte, hatte er sich nicht mehr gerührt. Nicht einmal mit den Wimpern hatte er gezuckt.

Ich brauchte mir deswegen keine Sorgen zu machen.

Adis Beerdigung hatte einen gewissen Stil. Und das, obwohl das Wetter lange nicht so gut mitspielte wie bei Pennys Trauerfeier. Es war drückend schwül, der Himmel dunkel und schwer von Wolken, aber es wollte nicht regnen.

Mir persönlich gefiel die Art der Beisetzung nicht recht. Eine Urne, die aussah wie eine große Vase mit Deckel. Eine Steinmauer mit einzelnen Fächern zum Aufklappen, die an Schließfächer für Gepäck erinnerten. Wieso gab sich Adrian Betzenberg, der im Leben so viel Platz beansprucht hatte, jetzt mit der winzigen Ecke in einem Schrank zufrieden?

Es waren die Trauergäste, die der Veranstaltung ihren Stempel aufdrückten. Familienangehörige, Kollegen, ehemalige Kollegen und Geschäftsfreunde. Die lokale Presse. Alle waren im obligatorischen Schwarz gekleidet, aber wenn man überhaupt bei ihrem Anblick an Trauer dachte, dann an Trauer mit Sinn für Form und Eleganz. Es gab saloppe Trauer in grauen Tönen ohne Bügelfalten, gediegene Trauer im sizilianischen Stil mit schwarzem Hut und Anzug. Es gab Trauer mit Sexappeal, in kurzen, schwarzen Röcken, halbdurchsichtigen Strumpfhosen und Pumps.

Und schließlich durfte man den Pfarrer nicht vergessen, der so etwas wie ein Star der Zeremonie war. Er verstand es meisterhaft, das gelegentliche Donnergrollen wie auch die Trauer-Schickeria in seine Dramaturgie einzubeziehen. Er verlas eine Stelle aus der Heiligen Schrift und hielt nach einer kurzen Andacht eine wohltuende Ansprache, in der er den Verstorbenen als ein Licht bezeichnete, das seine Umwelt erleuchtet und dafür gesorgt habe, dass es auf dieser kalten Welt etwas weniger Dunkelheit und Finsternis gab. Ich fand den Vergleich passend, wenn ich an seiner Stelle auch weiter gegangen wäre und Adi mit einem Bremslicht verglichen hätte oder der Stau-Anzeige auf einer Autobahn.

Frau Bönisch und Frau Hoppenkamps schnieften nicht mehr so ausgiebig wie beim letzten Mal, was ich ihnen hoch anrechnete. Sie waren zwei freundliche alte Damen, denen der feierliche Fummel ausgezeichnet stand. Sie wirkten so, als würden sie keine Beerdigung auslassen.

Dank ihnen brauchte ich mich nicht ganz so exponiert zu fühlen. Außer uns dreien nämlich war niemand von *Visions & Moments* bei der Beerdigung anwesend. Es wunderte mich, denn was Tisch anging, so war das eigentlich die ideale Gelegenheit für ihn, eine gesellschaftliche Verpflichtung mit seinem Hobby zu verbinden. Und Frank Myllendoncks Fehlen gab mir besonders zu denken, weil Amanda sehr wohl erschienen war.

Sie sah großartig aus. Als Einzige wagte sie eine Ausnahme von der allgemeinen Kleiderordnung und trug eine cremefarbene Bluse, was sie auffällig machte wie eine Butterblume mitten im Winter.

Ich stellte mir vor, nicht Penny, sondern Amanda hätte mich an jenem Abend in meiner Wohnung besucht. Sie hätte mich nicht bloßgestellt. Amanda hatte Witz und Scharfsinn. Es lag ihr fern, sich aufgrund des ersten Anscheins ein Urteil zu bilden. Penelope Paulussen wirkte im Vergleich zu ihr wie ein Hochglanzfoto mit übertriebenen, kitschigen Farben. Ein lästiges Dummchen mit einer nervtötenden Stimme.

Wenn Amanda mich besucht hätte, wäre alles anders gekommen. Schon möglich, dass ich erfahren hätte, welches Geheimnis sie verbarg. Ein Geheimnis, das ebenso faszinierend sein musste wie ihre samtweiche Haut, die unter der cremefarbenen Bluse zum Vorschein gekommen wäre ...

»Der Herr sei mit euch«, schlug der Pfarrer vor.

Ich stellte mir vor, mit ihr zu schlafen, und dabei wurde mir heiß.

»Eine beeindruckende Erscheinung, nicht wahr?«

Ich zuckte zusammen.

Kommissar Nowottni stand neben mir und war meinem Blick gefolgt. Er sprach leise und bewegte kaum die Lippen. Offenbar gehörte er zu der Sorte Polizisten, die auf Beerdigungen gehen, weil sie hoffen, dort den Täter zu treffen.

»Ich, eh«, flüsterte ich, »wundere mich nur, dass sie allein gekommen ist.«

»Na, es wäre wohl eher als Wunder zu bezeichnen, wenn sie das nicht wäre, was?«

»Ich verstehe nicht.«

Der Kommissar rückte näher an mich heran. »Nun, der, mit dem sie sonst hier wäre, der kann ja wohl nicht kommen.« Er grinste. »Und könnte er, dann wiederum wäre sie nicht hier.«

Ich verstand kein Wort.

Der Pfarrer beendete die Zeremonie, das Defilee der Kondolierenden begann.

Nowottni traf ich erst wieder, als wir auf dem Rückweg an unzähligen Grabstätten vorbei zum Ausgang schlenderten. Henning begleitete ihn, also hielt ich Abstand.

»So oder so«, insistierte Henning. »Ich will, dass Sie das Schwein kriegen, Herr Kommissar. Das Ganze ist eine persönliche Angelegenheit für mich.«

»Das ist es für den Täter wahrscheinlich auch.«

Henning blieb stehen. »Was wollen Sie damit sagen?«

»Natürlich kann man sich auch vorstellen, dass es kein Mord war.«

»Sondern?«

»Ein unglückliches Zusammentreffen im falschen Moment. Ein Unfall.«

Mein Halbbruder lachte verächtlich. »Ein Tennisschläger, der von ganz alleine durch die Luft fliegt, was?«

»Es war ein Speckbrett.«

Henning drehte sich um und bemerkte mich. »Komm bloß nicht auf die Idee, mir zu kondolieren«, zischte er und warf mir einen giftigen Blick zu.

»Ich wünschte, ich könnte was für ihn tun«, wandte er sich wieder an Nowottni. »Wenigstens die Firma auf Vordermann bringen. Aber ich habe keine Zeit. In drei Tagen fliege ich nach Südamerika.«

»Sie Glücklicher«, gratulierte ihm der Kommissar.

Henning baute sich mit all seiner Masse vor ihm auf. Er sah aus wie ein Grizzly, der sich anschickt, eine Mücke zu zerquetschen. »Ich erwarte von Ihnen, Kommissar, dass Sie Ihre Arbeit tun.«

»Selig ist der, der das Richtige erwartet«, sagte Nowottni. »Denn er wird nicht enttäuscht werden. Ein Sprichwort der Hopi-Indianer.«

Der Grizzly zog die Nase hoch und ließ den Polizisten stehen. Es war offensichtlich, dass die beiden einander nicht gerade schätzten.

Nowottni lächelte mir aufmunternd zu.

»Haben Sie eigentlich schon einen Verdacht?«, tastete ich mich vor.

»Was Penelope Paulussen angeht, könnten wir es vielleicht mit einem Serienmörder zu tun haben.«

»Ich dachte, dass da ein Liebhaber ...«

»Das ist der Stand von gestern. Der Serienkiller hat schon zweimal zugeschlagen. Er hat es besonders auf Frauen mit aktivem und, wie soll ich sagen, extravagantem Liebesleben abgesehen. Serienkiller erkennt man an einer Handschrift. Wenn man die lesen kann, dann ...«

»Aber Betzenberg ist keine Frau.«

Das schien ihn nachdenklich zu machen. Er brauchte eine Weile, bis er antwortete.

In den schwarzen Wolken über uns grollte es.

»Das ist richtig. Aber der weise Mann nennt selbst den Strauch einen Baum, wenn er dann Früchte trägt.«

Ich stutzte. »Tut mir Leid, das ist mir zu hoch.«

Nowottni lächelte schelmisch und berührte meinen Arm. »Wer sagt denn, dass beide Todesfälle etwas miteinander zu tun haben? Diesen Fehler machen fast alle.«

Wir standen beim Friedhofsausgang.

»Zwei Morde in einem Abendkrimi. Klarer Fall, da muss ein Zusammenhang bestehen. Das ist leicht. Aber schalten Sie um! Dann haben Sie einen Mord im ersten und einen im zweiten Programm. Und niemand wird mehr auf die Idee kommen, nach einem Mörder für beide Programme zu suchen, was?«

Er winkte mir zum Abschied zu.

Nowottnis Argumentation überzeugte mich. Seine ganze Art, an den Fall heranzugehen, gefiel mir. Abgesehen von dem, was wirklich vorgefallen war, schien es mir einleuchtend zu sein, mich selbst von der Liste der Verdächtigen zu streichen.

Ein schwerer Regentropfen platschte auf mein Handgelenk.

Wen ich am meisten an dieser stilvollen Beerdigung vermisst hatte, war Frank Myllendonck. Erst jetzt, wo die Feier vorbei war und ein Wolkenbruch jeden Moment die letzten verbliebenen Trauergäste in hektische Flucht schlagen würde, hatte ich das Gefühl, dass ohne ihn die Veranstaltung gar keinen Sinn gemacht hatte. Da war ein Toter gewesen, ein Pfarrer und Trauergäste, so wie sich das gehörte. Trotzdem blieb ein Gefühl der Leere und der Unzufriedenheit, wie auf einem Geburtstag, der ohne den Jubilar stattgefunden hatte.

Es war wie damals gewesen, als ich als Dreizehnjähriger einmal allen Mut zusammengenommen hatte und vom Sprungturm aus einer Höhe von sieben Metern fünfzig ins Becken gesprungen war. Aus Angst vor Blamage hatte ich so lange gewartet, bis ich allein und unbeobachtet gewesen war. Ich hatte es tatsächlich geschafft, aber später wollte mir keiner glauben. Ich hatte keine Zeugen. Also war es nie geschehen.

Möglich, dass Myllendonck nicht gekommen war, weil sich Adi in der Firma so albern aufgeführt hatte. Wenn es so war, dann hatte ich volles Verständnis für Frank.

Aber das änderte nichts daran, dass ich es auch für ihn getan hatte. Jetzt hatte ich das Bedürfnis, ihn daran Anteil nehmen zu lassen. Ihm von meinem Besuch bei Adi zu erzählen, ohne dass ein Geständnis daraus wurde. So, dass er es verstand.

Myllendonck musste es erfahren. Sonst hätte ich mir die Sache ebenso sparen können wie den Sprung ins Becken.

Mutterseelenallein, die Frisur mit der Hand gegen die auffrischenden Böen abschirmend, verließ Amanda den Friedhof. Wieder fühlte ich Regentropfen, diesmal waren es viele. Auch die Blätter der umliegenden Büsche wurden getroffen.

Wenn Frank nicht gewollt hatte, wieso war sie dann gekommen?

Ganz plötzlich rannte ich los, setzte über die Straße und erreichte den Kommissar gerade noch, bevor er in seinen Wagen stieg.

»Soll ich Sie mitnehmen?«, fragte er freundlich.

»Was haben Sie damit gemeint, dass es ein Wunder wäre, wenn sie nicht allein gekommen wäre?« Meine Stimme war atemlos.

Er legte den Kopf schief. »Ich meinte eine Auferstehung«, erklärte er. »Denn wir alle haben ja gesehen, wie man den armen Betzenberg in der Vase zur letzten Ruhe gebettet hat.«

»Aber sie ist doch Frank Myllendoncks Freundin!«

»Das schon. Doch sie hatte etwas mit dem Verstorbenen. Eine ganze Menge sogar.«

Es begann zu plätschern, spielerisch und leichtfüßig. Der Regen meinte es noch nicht ernst und vertrieb sich die Zeit damit, dunkle Punkte auf die Straße zu malen.

Nowottni stieg in den Wagen und zog den Kopf ein.

»Deshalb ist Myllendonck im Fall Betzenberg unser Hauptverdächtiger. Tatwaffe, Möglichkeit zur Tat, Motiv – alles passt zusammen.« Er machte ein besorgtes Gesicht. »Soll ich Sie nicht doch mitnehmen?«

Ich starrte ihn an, als sähe ich ihn zum ersten Mal. Als sähe ich zum ersten Mal irgendeinen Menschen.

»Eh – nein«, stotterte ich. »Das ist ja nur ein kurzer Schauer. Trotzdem vielen Dank.«

Noch während er anfuhr, prasselte es los. Faustgroße Hagelkörner zerplatzten auf dem Asphalt und hämmerten wie MG-Feuer auf die Dächer der Autos.

Der Lärm war ohrenbetäubend.

20

Keine Ahnung, was Henning unter ›die Firma auf Vordermann bringen‹ verstand. Jedenfalls hätte er sich bestimmt nicht träumen lassen, dass in der Stunde, als *Visions & Moments* sich in schierer Auflösung befand, ausgerechnet mir die Rolle zufiel, ein Minimum an Ordnung in das Chaos zu bringen.

Rainer Tisch, der so gerne den Chef spielte, hatte sich nämlich krankgemeldet. Offenbar hielt er es nicht einmal für nötig, nähere Angaben darüber zu machen, was ihm fehlte. *ViMo* befand sich in akuter Seenot und es stellte sich heraus, dass der stellvertretende Chef heimlich ein Schlauchboot aufgeblasen hatte und an Land gerudert war. Reinen Tisch gemacht hatte.

»Welche Krankheit, hat er nicht gesagt«, brummte Freya Struck und pulte ein Kaugummi aus dem Mund. »Übrigens meint er, Herr Myllendonck soll inzwischen vertretungsweise die Firma leiten.«

Das konnte ihm so passen! Frank hatte momentan wohl genug andere Sorgen. Wer wollte von ihm erwarten, dass er heute erschien und sich um die Belange der angeschlagenen Agentur kümmerte?

»Frank ist nicht da«, informierte ich Freya knapp. Schließlich brauchte nicht jeder hier zu wissen, dass er höchstwahrscheinlich gerade in diesem Moment der Polizei Rede und Antwort stand.

»Ist er doch«, widersprach Frau Hoppenkamps, die mit ihrer Kollegin auf den Flur getreten war, und deutete mit dem Taschentuch in ihrer Hand auf Franks geschlossenes Arbeitszimmer.

»Er ist vor einer halben Stunde gekommen und hat sich da drin eingeschlossen«, erklärte Frau Bönisch. An ihre verheulten Augen hatte ich mich schon so sehr gewöhnt, dass ich sie auf einem heiteren Urlaubsfoto wahrscheinlich gar nicht wieder erkannt hätte.

»Vielleicht können Sie ja mit ihm reden«, drängte mich Frau Hoppenkamps. »Uns antwortet er nicht.«

Das also war meine Stunde. Ich hatte lange auf sie gewartet, so lange, dass ich schon nicht mehr geglaubt hatte, dass sie jemals kommen würde. Ganze Erdzeitalter schien es her zu sein, dass ich mir von Penny hatte sagen lassen müssen, wie ich mich auf dem Klo zu verhalten hatte, und dass ich mich Frank gegenüber als Fußball-Idiot lächerlich gemacht hatte.

Inzwischen hatte sich das Blatt gewendet. Alle, die jetzt noch bei *Visions & Moments* waren, sahen Hilfe suchend zu mir auf. Frank Myllendonck brauchte meine Hilfe.

Er würde sie bekommen.

Ich trat an die Tür und klopfte behutsam.

»Frank«, rief ich mit gedämpfter Stimme. »Heh, mach doch auf! Ich bin's, Benno!«

Die sonst unermüdlich tätigen Taschentücher der beiden Damen hielten inne. Vom Empfangstresen stierte Freya, gleichmütig kauend, herüber.

Nichts regte sich. Man konnte eine Stecknadel fallen hören.

»Jetzt lass mich schon rein«, bat ich. »Dann können wir reden.«

Von innen wurde aufgeschlossen. Die Tür sprang auf. Der Zigarettenrauch war so dicht, dass ich husten musste.

Myllendonck setzte sich in seinen Sessel und legte die Füße auf den Schreibtisch. An der Stelle, wo bisher sein Monitor gestanden hatte, befand sich ein qualmender Aschenbecher und eine halb volle Flasche Wodka.

Frank starrte aus dem Fenster und rauchte. Er schien mich nicht zu bemerken.

Ich stand eine Weile hinter ihm, ohne mich zu rühren. Hereinkommen war leicht gewesen. Aber was jetzt? Ich hatte keinerlei Übung im vertrauten Gespräch von Mann zu Mann oder darin, mir Beichten anzuhören von Freunden, die einen ehrlichen Rat brauchten, oder Kollegen, die in Schwierigkeiten steckten. Alles, worauf ich zurückgreifen konnte, waren die Sprüche der netten Leute aus den Familienserien, die peinliches Schweigen nicht kannten, weil sie ständig durch Werbeblöcke unterbrochen wurden.

Aber im wirklichen Leben gab es keine Werbeblöcke.

»Das wird schon wieder«, versuchte ich einen ersten Satz.

Endlich rührte er sich. Frank ließ ein Glucksen hören. »Das wird schon wieder? – Entschuldige, dass ich lache!«

»Du brauchst dich nicht zu entschuldigen.«

»Ich bin fertig, verdammt! Die haben mich in der Zange. Und du sagst, das wird schon wieder!«

Er beugte sich vor, angelte die Flasche vom Schreibtisch und goss sein Wasserglas halb voll. »Das wird schon wieder. Weißt du, was Adi sagen würde? Eine großartige Pointe, so was brauchen wir! Haha!«

»Ich war gestern bei Adis Beerdigung«, informierte ich ihn.

Frank schüttelte den Kopf. »Irgendwer will mir was

anhängen. Wenn ich nur wüsste, wer. Wenn ich den zu fassen kriege, glaub mir ...«

»Was haben die denn schon gegen dich?«

Er nahm einen großen Schluck Wodka. »Was die gegen mich haben? Alles haben die.«

»Aber wieso bist du dann noch nicht im Knast? Ich meine, wenn die wirklich sicher wären ...«

»Blödsinn! Diese schleimige Kröte von Kommissar, der macht sich doch einen Spaß daraus, einen zappeln zu lassen! Der steht doch auf so was, dabei geht dem einer ab! Weißt du, was er gesagt hat? Wir werden uns ja sehr bald wieder sehen, hat er gesagt.«

Ich zuckte mit den Schultern. »Wahrscheinlich weiß er nicht weiter. Vielleicht führst du ihn ja zum Täter. Und da denkt er ...«

»Der denkt doch nicht! Ich habe ihm gesagt, bitte haben Sie Verständnis, Kommissar, dass ich nicht in Tränen ausbreche. Kann sogar sein, dass Sie überhaupt niemanden finden, der in Tränen ausbricht.«

Dass er das sagte, bestätigte mich. Wie gerne hätte ich ihm jetzt und hier alles gesagt! Zu denen gehöre ich auch, wollte ich sagen. Und deshalb habe ich gehandelt. Für all die, die nicht in Tränen ausbrechen.

»Jetzt kann ich auch einen vertragen«, sagte ich.

»Pech gehabt!« Frank hielt sein Wasserglas hoch. »Hab nur das eine.«

Vielleicht war es auch besser so. Bevor ich zu ihm in diesen Pool aus Mitgefühl, Mitwisserei und Zusammenhalt auf Gedeih und Verderb stieg, sollte ich noch eine Weile am Rand stehen und den Überblick behalten.

»Was hat der Kommissar gesagt?«, wollte ich wissen. »Als du das mit den Tränen gesagt hast?«

»Er hat mich nur angestarrt wie jemand, der sich seinen Teil denkt. Und dann ist er mit einem beschissenen Sprichwort gekommen.« Frank lachte auf. »Ein gottbeschissenes chinesisches Sprichwort! Soll ich dir was sagen? Für den bin ich schuldig.«

»Nur weil du zugibst, dass du Betzenberg nicht leiden konntest? Kämen dann nicht Hunderte in Frage?«

»Das habe ich auch gedacht. Aber er glaubt, dass ich das stärkste Motiv habe. Und weiß Gott, das habe ich auch.«

»Du meinst, wegen der Sache neulich ...«

Myllendonck machte einen Schwenk mit dem Sessel, wobei er den Aschenbecher vom Tisch fegte. Im hohen Bogen flog das Ding durch die Luft und zog eine schwarze Wolke hinter sich her wie ein Flugzeug mit Motorschaden. Dann traf es in der Ecke auf die Tastatur und zertrümmerte sie.

»Quatsch!«, brüllte Frank. »Doch nicht diese Sache! Wer spricht denn von dieser lächerlichen, kleinen ...« Seine Suche nach dem passenden Wort blieb erfolglos. »Dieses perverse Schwein hat Amanda gevögelt! Immer wieder. Ich habe ihm gesagt, hör damit auf, sonst kriegst du Ärger. Aber das hat ihn einen Scheiß interessiert.«

»Aber wieso«, fragte ich unschuldig, »hast du dann für ihn gearbeitet? Ich meine, eigentlich schient ihr doch ganz gut miteinander zu können.«

»So ist Adi!«, schnaubte Frank. »Immer scheißfreundlich. Immer zu flotten Pointen aufgelegt.«

»Auch als du ihm die Meinung gesagt hast?«

»Du hast doch keine Ahnung! Keinen armseligen Schimmer hast du! Wenn du in Schulden steckst bis zum Hals, dann kannst du es dir nicht leisten, aufzutrumpfen und einem deinen Job vor die Füße zu schmeißen, klar?«

Ich hatte ja wirklich keine Ahnung.

»Und Amanda?«, fragte ich vorsichtig.

»Sie steht auf Typen wie ihn. Perverse Typen. Zufällig weiß ich, dass er nur einen hochkriegt, wenn er sich einen Strick um den Hals legt und zuzieht. So einer ist das. Du musst ihn würgen, dann geht ihm einer ab! Mein Gott, wie oft habe ich ihm schon den ultimativen Orgasmus gewünscht! Den, der sein letzter sein wird!«

Sein Blick, der bis jetzt an der Wand geklebt hatte, rutschte ab, schlurfte über die Schreibtischplatte und hing endlich in seinem Glas.

»Und von so einem kranken Schwein«, schnaufte er, »läßt sich's Amanda besorgen.«

Ich sah Amanda vor mir. Wie verführerisch sie auf der Beerdigung ausgesehen hatte. Und ich hatte Adi gesehen, der an eine weißliche Kellerassel erinnerte mit einem Kopf, der wie ein Feuermelder leuchtete. Die Vorstellung, dass Amanda Spaß daran hatte, den Kopf zum Leuchten zu bringen, gefiel auch mir nicht.

»Aber ein Motiv allein reicht auch noch nicht aus«, wandte ich ein.

»Die Tatwaffe!« Frank schlug mit der flachen Hand auf den Schreibtisch, dass die Wodkaflasche hinunterhüpfte. Ich konnte sie gerade noch auffangen. »Weißt du was? Dieser Blutegel von einem Bullen hält mir ein Speckbrett unter die Nase. Na, ist das nicht Ihr Baby?, fragt er. Dieser Arsch. Dabei gibt es Millionen von den Dingern. Du hast doch auch eins. Also kannst du es genauso gewesen sein, stimmt's?«

»Stimmt«, gab ich zu. Es enttäuschte mich, dass er sich ausgerechnet jetzt daran erinnerte, dass ich ein Speckbrett besaß, nachdem er es wochenlang übersehen und sich niemals dazu herabgelassen hatte, auch nur ein Spiel mit mir zu spielen.

»Gibt es denn Fingerabdrücke?«

»Ach was! Alles zermatscht von dieser Riesenpranke. Der Fettsack, mit dem er zusammen war ...«

»Mein Stiefbruder.«

»Ach nee.« Frank grinste, aber er schien etwas verwirrt zu sein. »Ist ja auch egal. Der hat jedenfalls alles verschmiert.«

»Dann können sie dich auch nicht so einfach drankriegen.«

»Das Oberblöde dabei ist, dass ich kein Alibi habe.«

»Wo warst du?«

»Unterwegs! Amanda und ich, wir beide hatten wieder den üblichen Zoff. Mein Geld nimmt sie gerne, aber so einen langweiligen, unperversen Typen wie mich will sie nicht im Bett haben. Egal, also bin ich weg. Bin zwei Stunden durch die Gegend geradelt.«

»Wieso sagt Amanda nicht, dass sie mit dir zusammen war?«

»Du bist vielleicht naiv! Sie denkt, dass ich ihren Adimausi umgebracht habe.«

Mir fiel nichts mehr ein außer einem der hohlen Fernsehsprüche. »Einer ist es aber gewesen«, gab ich zu bedenken. »Und den müssen wir finden.«

»Von mir aus ist es einer gewesen. Aber ich war's nicht und die denken, ich war's. Die haben mich so gut wie im Sack.« Er machte eine Pause. Offenbar bemühte er sich, einen klaren Gedanken zu fassen. »Es sei denn, du gibst mir ein Alibi.«

»Ich?«

»Ja? Wir könnten zum Beispiel Speckbrett gespielt haben. Das wäre eine Möglichkeit.«

»Stimmt.« Ich grinste. Wie oft hatte ich mir gewünscht, mit ihm zu spielen! Wie oft war er sich zu schade dazu gewesen. Hatte spitze Bemerkungen gemacht von wegen gemeinsam duschen gehen. Und jetzt sollte ich für Frank lügen und sagen: Klar, Herr Kommissar. In der fraglichen Zeit waren wir auf dem Sportplatz und haben ein paar Spielchen mit einem albernen Holzknüppel ausgetragen.

Frank Myllendonck starrte mich an. Er freute sich wirklich, aber für ein gewinnendes, freundliches Lächeln war er schon zu besoffen. Sein Mund stand offen und am linken Mundwinkel trat ein Speichelfaden aus.

»Machst du das?« Er raffte sich auf und machte einen schwankenden Schritt auf mich zu. »Mensch, Benno, du bist echt ein Freund. Das vergesse ich dir nie.«

21

Ich bot Frank an, ihn nach Hause zu fahren, wo er sich gründlich ausschlafen konnte.

Er war zu besoffen, um etwas einzuwenden. Schließlich hatte er die Flasche Wodka geleert, ohne mir etwas abzugeben. Während er neben mir im Auto lehnte, nuschelte er unentwegt, wie dankbar er mir sei und dass er nie vergessen werde, was ich für ihn tun würde, und dass das alles nicht selbstverständlich sei, das wisse er.

Auch den anderen *ViMos* riet ich, für heute Schluss zu machen. Niemand wunderte sich darüber, dass der Praktikant, der bis jetzt für kaum mehr als die Kaffeemaschine zuständig gewesen war, neuerdings die Arbeitszeiten festlegte.

»Sie kamen gerade zur rechten Zeit«, lobte mich Frau Bönisch.

Frau Hoppenkamps machte sich nachträglich Sorgen. »Wenn Sie nicht gewesen wären! Ich habe schon zu Frau Bönisch gesagt: Der tut sich noch was an, habe ich gesagt.«

Allein die Vorstellung von meinem großen Tag hatte mich bisher immer in eine Hochstimmung versetzt, wenn auch nur für kurze Zeit. Jetzt, wo er Wirklichkeit geworden war, vermisste ich dieses Gefühl. Ich vermute, daran war ein dumpfer Missklang schuld, der unentwegt im Hintergrund mitschwang. Frank Myllendonck hatte endlich begriffen, was er an mir hatte. Er machte sich endlich klar, dass wirkliche Freunde nur die waren, auf die man zählen konnte, und zwar hauptsächlich dann, wenn man, wie er jetzt, in der Klemme steckte.

Wenn ich genau auf den Missklang hörte, dann entpuppte er sich als eine leise Stimme, die mich warnte. Der Mann hängt sich an dich, sagte sie, weil er im Moment niemand anderen hat. Damit du ihm ein Alibi verschaffst, würde er sogar mit dir duschen, aber wenn die Sache ausgestanden ist, dann wechselt er wieder den Sportplatz, sobald du nur auftauchst.

Ehrlich, das werde ich dir nie vergessen, hörte ich Frank wieder sagen.

Hör nicht auf ihn, sagte die Stimme.

Der tut sich noch was an, sagte Frau Hoppenkamps.

Wie kam sie darauf, ihm so etwas zuzutrauen?

Trotz des Missklangs hatte ich das Bedürfnis, meinen Triumph zu feiern. Zu Hause schaltete ich den Fernseher ein und sah mir *Ihre dunkle Seite* an. Es ging um unkonventionelle Essgewohnheiten und einen der Gäste erkannte ich wieder. Er war erst neulich in *Sag mir dein Geheimnis* aufgetreten und hatte von seiner Pupserei während des Koitus berichtet.

Vom Zuschauen bekam ich Appetit und beschloss während der nächsten Werbepause, mir ein kleines Festessen zuzubereiten. Ich zersäbelte mindestens zehn Zwiebeln, setzte Wasser für Spaghetti auf und nahm einen Lappen Filetfleisch aus dem Kühlschrank. Als ich gerade dabei war, ihn in kleine Würfel zu schneiden, klingelte es an der Tür.

Frank? Der Kommissar? Meine Türklingel ging so selten, dass sie jedes Mal blanke Aufregung in mir auslöste. Aber meistens war es dann doch alles andere als eine Sensation, sondern Frau Engelbrecht, meine Nachbarin.

Vor der Tür stand Henning, schnaufend vom Treppensteigen.

»Soll ich dir mal was sagen?« Er deutete mit seinem dicken Finger auf mich. »Du warst es.«

»Was denn?«

»Ich bin nicht drauf gekommen, ich Idiot! Und dieser neunmalkluge Bulle wird es niemals schnallen. Aber es ist sonnenklar.«

Ich kam mir lächerlich vor mit meiner Küchenschürze und dem Fleischmesser in der Hand.

Henning stemmte die Fäuste in die Hüften und trat ein. Ich wich vor ihm zurück.

»Eigentlich habe ich es immer gewusst. Ich wollte es nur nicht glauben.«

»Henning, würdest du mir vielleicht erklären, worum es geht?«

»Spiel nicht den Harmlosen!«, donnerte er mich an. »Du weißt genau, wovon ich rede! Du hast meinen Kumpel auf dem Gewissen.«

Er nahm die Fernbedienung vom Tisch, schaltete die Glotze aus und warf das Ding in die Ecke.

»Heh!«, beschwerte ich mich. »Das wollte ich noch sehen!«

»Dass du einen Dachschaden hast, das wusste ich die ganze Zeit! Aber ich hatte keine Ahnung, dass es so schlimm steht! Dass du zwanghaft nachtragend bist und von Rachegedanken zerfressen, das wusste ich! Deswegen habe ich dich beschworen, eine Therapie zu machen!«

Wie konnte dieser Großkotz es wagen, mich zum zweiten Mal in den Boden zu stampfen, und das in meiner eigenen Wohnung! Der Hass schoss in mir hoch und brannte wie Feuer. Aber gleichzeitig war da die Angst vor meinem Bruder, der eine Statur wie ein Kleiderschrank hatte, und die bestand darauf, vorerst freundlich zu ihm zu sein.

»Ich war gerade dabei, Gulasch zu kochen. Wenn du willst, kannst du auch was haben.« Ich deutete auf die Küchentür, die er versperrte. »Du müsstest mich nur in die Küche lassen ...«

»Du gehst nirgendwo hin, das könnte dir so passen!«, brüllte Henning atemlos vor Wut. »Na, was machst du jetzt, du kleiner Angsthase?«

Er stand vor mir und genoss böse grinsend meinen Schrecken. »Schwitzen, was? Hab ich mir gedacht, aber leider hilft das nichts. Was passiert jetzt da drin«, er deutete auf meinen Bauch, stach mit seinem Finger hinein, dass es schmerzte, »wo jahrelanger Neid und Missgunst ein faulendes Moor gebildet haben, aus dem stinkende, leicht entzündliche Gase aufsteigen?«

Ich lachte gezwungen. »Henning, du denkst doch nicht wirklich, dass ich deinen Adi ...«

»Lass mich deine Beine sehen.«

»Was?!«

»Deine Beine, hörst du schlecht!«

»Ja, aber ich meine, wozu willst du sie sehen?«

»Derjenige, der Adi auf dem Gewissen hat, ist über ein Fahrrad gestolpert. Wahrscheinlich hat er sich Abschürfungen geholt. Los, roll deine Hosenbeine hoch!«

»Aber ich sag dir doch ...«

»Und ich sag dir, dass ich mir geschworen habe, das Schwein zu kriegen, das Adi auf dem Gewissen hat. Wird's bald?«

»Aber was ist, wenn ich dir sage, dass ich gerade gestern Abend über die Bettkante gestolpert bin ...«

Er rückte noch näher und ich hatte keinen Raum mehr, in den ich zurückweichen konnte. Ich stand mit dem Rücken zum Schrank und umklammerte krampfhaft das Messer.

»Versuch's doch«, flüsterte er. »Versuch einfach, mir das aufzutischen. Du wirst schon sehen, was dann passiert.«

»Verdammt noch mal, Henning«, flüsterte auch ich und in meiner Stimme schwang Bedauern mit, »wolltest du nicht längst in Peru sein?«

22

Als Tina Engelbrecht mich dabei antraf, wie ich im Treppenhaus hockte, neben mir einen Eimer Schmutzwasser und in der Hand einen nassen Aufnehmer, wurde sie geradezu zutraulich.

»Na, sehen Sie, Herr Nachbar, es geht doch.«

Natürlich nahm sie an, dass sie sich endlich durchgesetzt und ihr Anmahnen meiner Pflichten als Hausbewohner endlich gefruchtet hatte. Dabei hatte es nicht das Geringste damit zu tun.

Wenn ich schon den Rest des Nachmittags damit zubrachte, jeden Zentimeter meiner Wohnung zu schrubben, dann machten die paar Treppenstufen nicht viel mehr Arbeit.

Frau Engelbrecht stand eine Weile neben mir und sah mir zu, bis der Geruch ihres Parfums sich allmählich mit dem von Schmierseife vermischte. Ich sah nicht zu ihr auf, das wäre unhöflich gewesen, denn dann hätte ich ihr direkt unter den Rock geschaut. Nach ein paar Minuten verdrückte sie sich, während sie mir zum Abschied zuwinkte.

Sie hatte allen Grund, Genugtuung zu empfinden. Das Treppenhaus zu wischen, das war etwas anderes als gewöhnliches Saubermachen. Es war ein öffentlicher Akt. Stufe für Stufe den Lappen auswringen, ihn in das graue, schaumige Wasser tunken und auf den Stein klatschen. Das Wasser gut verteilen. Dann wieder in den Eimer mit dem Lappen, auswringen und Haare und Schmutzpartikel völlig unbekannter Leute herausspülen. Und jeder Tropfen Wasser hallte im ganzen Haus wider. Es war mehr als nur Saubermachen. Es war ein Akt der Buße.

Von unten näherten sich Schritte. Schritte von Füßen, die sich nicht durch die nassen Stufen abschrecken ließen. Auf den Spitzen hüpften die Füße hinauf, indem sie sich die Stellen suchten, die schon trocken waren. Dann waren die Füße direkt neben mir.

»Herr Schumm?«

Es war Kommissar Nowottni. Er ging in die Hocke. »Ich hätte noch ein paar Fragen«, sagte er.

»Gut, aber vielleicht nicht hier im Treppenhaus.«

»Nur ganz kurz«, versprach er.

»Also gut«, gab ich nach, »worum geht's?«

»Wenn ich Ihnen jetzt sage, dass Sie der Mörder sind?«

Ich schluckte. Mein Kehlkopf fühlte sich hart und schwer an, er war kaum zu bewegen. Der Aufnehmer war so schwer, dass ich ihn kaum aus dem Eimer hieven konnte.

»Wessen Mörder?«, fragte ich heiser.

»Adrian Betzenbergs Mörder. Welcher sonst?« Er lächelte freundlich. »Natürlich sind Sie auch im Fall Paulussen verdächtig.«

Mit dem Arm, der den Putzlappen hielt, wischte ich mir den Schweiß von der Stirn und tränkte Hose und Hemd mit Putzwasser.

»Sie hatten ein Motiv. Eifersucht im Fall von Penelope Paulussen. Unüberbrückbare Differenzen zwischen Ihnen und Ihrem Chef. Er wollte Sie feuern, behauptet die eine von den beiden alten Damen, Frau –«

»Bönisch?«

»Nein. Eh –«

»Hoppenkamps.«

»Genau die.«

Der Kommissar setzte sich neben mich auf den Treppenabsatz. Er schien die Stufen zu beobachten, die vor Nässe glänzten. Aber die Pracht war von kurzer Dauer. Weiter unten zerfraßen Löcher aus Trockenheit von Sekunde zu Sekunde den Glanz.

»Und jetzt?« Ich kicherte. »Wollen Sie mich jetzt verhaften?«

»Ich wollte Ihnen nur demonstrieren, wie simpel eine Beweiskette ist. Eine Begründungskette.«

»Was ist mit Herrn Myllendonck? Hat der nicht ein starkes Motiv und außerdem die Gelegenheit, Betzenberg zu töten?«

»Stimmt. Er hatte in der Tat beides.«

»Und?«

»Wäre schön gewesen«, Nowottni schüttelte bedauernd den Kopf, »aber er war's nicht.«

»Nicht? Woher ...«

»Ich weiß es nicht genau. Aber ich werde nun mal misstrauisch, gerade wenn die Sache so simpel aussieht, verstehen Sie?«

»Nein.«

»Wer klug ist, nimmt immer die zweite Tür. Ein chinesisches Sprichwort.«

»Und das heißt?«

Nowottni rappelte sich auf und klopfte mir zum Abschied auf die Schulter. »Wenn du ein Buch kaufst, nimm niemals das obere vom Stapel.«

Ich brauchte einige Zeit, um diesen Schreck zu verdauen und mich in Nowottnis eigenartige Ermittlungslogik hineinzudenken. Dann fiel mir ein, dass ich es versäumt hatte, dem Kommissar bei der Gelegenheit das Alibi für Frank zu liefern.

Aber in diesem Moment meldete sich das ungute Gefühl wieder. Es ging so weit, mich zu fragen, ob es für alle Beteiligten nicht besser gewesen wäre, wenn Frau Hoppenkamps' Befürchtung sich bewahrheitet hätte. Wenn ich zu spät gekommen wäre und Frank sich tatsächlich etwas angetan hätte. Ich stellte mir seine Beerdigung vor und fragte mich, wie Amanda aussehen würde.

Es war ja nicht so, dass ich ihm nicht aus seinem Schlamassel helfen wollte. Aber wenn ich es tat, würde ich nicht erfahren, wie er ohne Schlamassel über mich dachte. Ob er mich später an schönen Sommerabenden, die durch nichts getrübt wurden, immer noch als einen wahren Freund bezeichnen würde.

Wenn ich bedachte, dass ich eine Menge für ihn getan hatte ... Adi Betzenbergs Tod war nicht sinnlos gewesen, wie der Pfarrer behauptet hatte. Für mich hatte er einen Sinn gehabt – und für Frank Myllendonck! Wie würde er reagieren, wenn sein ›wahrer Freund‹ ihm das offenbarte?

Ich musste Gewissheit haben.

Da ich keine Zeitung außer der Fernzehzeitung im Haus hatte, dauerte es eine Weile, bis ich genug Buchstaben zusammen hatte. Schließlich hatte die Woche gerade erst angefangen und mehr als die Hälfte des Programmteils konnte ich unmöglich entbehren. Aber endlich hatte ich meinen Brief fertig:

ICH WEISS, DASS DU'S NICHT WARST. ABER ES GIBT EINE MÖGLICHKEIT, DEINEN KOPF AUS DER SCHLINGE ZU ZIEHEN, WENN DU SCHUMM IN DIE PFANNE HAUST. DIESER JÄMMERLING KÖNNTE ES IMMERHIN GEWESEN SEIN. STELL DIR SEIN INNERES VOR, DIESEN SUMPF AUS NEID UND MISSGUNST! ÜBER DIE JAHRE HABEN DIE EIN STINKENDES GAS GEBILDET, DAS IRGENDWANN EXPLODIEREN MUSSTE. DIE SACHE IST NATÜRLICH NICHT UMSONST. INTERESSIERT? – DANN SEI ÜBERMORGEN PUNKT NEUNZEHN UHR AUF DEM SPORTPLATZ BEIM INDUSTRIEGEBIET.

Ich faltete das Blatt, steckte es in einen Umschlag, auf den ich mit krakeliger Schrift *Frank Myllendonck* schrieb.

Dann holte ich ihn wieder heraus. Der Sportplatz war kein guter Treffpunkt. Schließlich konnte es sein, dass Frank zufälligerweise dort hinkam, um Speckbrett zu spielen.

Wie gesagt, ich brauchte Gewissheit.

Im Kopf ging ich die Umgebung des Sportplatzes durch, die ich während meiner Wartezeiten auf Frank genügend in Augenschein genommen hatte. Und dann wurde ich fündig.

Ich strich den *SPORTPLATZ* wieder, das heißt, ich riss die schon aufgeklebten Buchstaben wieder ab und ersetzte sie durch andere: *IM INDUSTRIEGEBIET, VOR DER LAGERHALLE DES GETRÄNKE-GROSSMARKTES.*

Als ich die Nachricht eine Dreiviertelstunde später in Franks Briefkasten gleiten ließ, war es schon fast dunkel. Bevor ich wieder losradelte, warf ich noch einen Blick durch die Fenster. Aber nur ein Zimmer im ersten Stock war beleuchtet.

Amanda kam gerade aus dem Badezimmer. Sie trat an einen Spiegel und hielt einen Föhn in der Hand. Leider war der Blickwinkel zu steil, so bekam ich viel zu wenig von ihr zu sehen. Es konnte sein, dass sie vollständig bekleidet war. Vielleicht hatte sie aber auch nur ein Badetuch um. Oder sie hatte gar nichts an. Von hier aus sah ich nur ihre nackten Schultern. Der Rest verschwand unter der Fensterbank.

Zurück zu Hause hörte ich schon im nach Schmierseife miefenden Treppenhaus, dass es in der Wohnung neben mir hoch her ging. Männergebrüll gegen Frauengekeife, Türenknallen und Zerschellen von Porzellan. Ich erwägte zu klingen und mich über den Lärm zu beschweren, dann aber verschwand ich in meiner Wohnung und bezog, ohne Licht zu machen, meinen Beobachtungsposten.

Der Mann war ein gedrungener Typ mit Brille und einer Halbglatze, der mich an meinen früheren Englischlehrer erinnerte. Er tauchte gerade aus der Deckung auf, die er vor ihren Geschossen gesucht hatte, hielt den Rest eines Tellers in die Luft und gestikulierte damit in ihre Richtung. Tina brüllte ihn von der Küche aus an.

Mit meinem Fernglas konnte ich alles aus nächster Nähe verfolgen. Ich konnte das winzige goldene Seepferdchen sehen, das sie an einer Kette um den Hals trug, wie es auf- und niederhüpfte, wenn sie ihm eine Unverschämtheit an den Kopf warf.

Glücklicherweise hatten sie das Küchenfenster gekippt, so konnte ich fast jedes Wort verstehen.

»Hau endlich ab! Mach, dass du rauskommst, du Scheißkerl!«

»Denk bloß nicht, Tina, du kannst mich einfach rausschmeißen! Du willst doch nur freie Bahn haben für deinen anderen, diesen –«

»Es gibt keinen anderen, wie oft soll ich dir das noch sagen! Höchstens in deiner kranken Phantasie!«

»Ach was, der Schönling mit dem Stirnband! Erzähl mir doch nichts!«

»Verdammt noch mal, das ist schon lange aus und vorbei!«

Sie hatte Recht. Der Schönling war Halbglatzens Vorgänger gewesen. Ich kannte ihn vom Klofenster gegenüber.

Der Streit dauerte noch eine Weile. Sie brüllten sich abwechselnd an, es war wie akustisches Speckbrett. Scheißkerl versuchte es schließlich im Guten. Freiwillig verließ er seine Deckung und erklärte sich zu Verhandlungen bereit.

»Aber hör doch mal, Liebes! Wie kindisch sind wir doch, unsere kostbare Zeit mit diesen dummen Sachen zu vergeuden.«

»Wir sind nicht kindisch, du bist es! Und ich vergeude meine Zeit!«

Sie ließ sich nicht erweichen und machte seine Niederlage perfekt.

Er räumte schließlich das Feld, aber nicht endgültig: »Glaube bloß nicht, meine Liebe, du kannst mich einfach so abservieren!«

Das Türknallen ließ das gesamte Haus in seinen Grundfesten erzittern.

Nachdem er weg war, saß Tina noch ein paar Minuten am Küchentisch und verbrauchte eine Packung Taschentücher. Sie wirkte allein und verlassen und tat mir Leid. Trotz unserer Differenzen wäre ich jetzt gerne drüben bei ihr gewesen, um sie in meine Arme zu nehmen und zu trösten. Bei der Gelegenheit machte ich mir klar, dass der Platz an ihrer Seite soeben frei geworden war.

In der Nacht träumte ich davon, dass ich mich um die freie Stelle bewarb. Ich kaufte eine Flasche kostbaren Sekt und klingelte an ihrer Tür. Tina bat mich herein und bot mir einen Toast mit halbfettem Käse an. Ich fragte sie, ob ich eventuell einen Blick ins Schlafzimmer werfen dürfte ...

Am nächsten Morgen schlief ich aus. Zwar war das Wetter traumhaft, aber ich sah keinen Anlass, in die Firma zu gehen. Wenn Tisch krankfeierte, konnte ich das schon lange.

Bis in den späten Nachmittag hinein sah ich mir Sendungen im Fernsehen an, darunter eine Folge von *Sag mir dein Geheimnis*, die Wiederholung von gestern, als Henning ungefragterweise abgeschaltet hatte. Dann noch eine Episode einer Krimiserie, in der ein sprechender Kater der Polizei die Arbeit abnahm, und schließlich eine Mitmach-Sendung, in der ein verständnisvoller Priester tief schürfende Probleme löste.

Ich war nicht bei der Sache. Als ich so gegen halb sechs die Wohnung verließ, vergaß ich sogar, den Fernseher auszuschalten.

Der Getränkemarkt lag höchstens zwei Fahrradminuten von dem Sportplatz entfernt, an dem ich vor Wochen auf Frank gewartet hatte. Aber ich hatte diesen Treffpunkt nicht gewählt, um Myllendonck die Anfahrt zu erleichtern. Er hatte mehr Vorteile als übliche Treffpunkte, finstere Unterführungen etwa oder belebte öffentliche Plätze. Er war menschenleer, unüberblickbar und für mich, der ihn gewählt hatte, komplett überschaubar.

Besonders das Letzte war wichtig. Kam Frank oder kam er nicht – diese Frage musste ich eindeutig beantworten.

Der Getränkemarkt war eine riesige, freistehende Halle. Auf der dem Sportplatz zugewandten Seite gab es eine Rampe, wo die Lkws beladen wurden. Bis sechs Uhr abends hatte ich Gabelstapler rangieren sehen. Dann war Feierabend. Die Fahrzeuge erstarrten in der Bewegung und fielen in einen zwölfstündigen Dornröschen-Schlaf.

Ideal war, dass die Halle nicht geschlossen wurde. Hin und wieder kamen bis gegen neun noch Lieferungen herein und manchmal fuhren auch noch private Pkw an der Rampe vor, die vom Pförtner auf der anderen Seite durchgelassen wurden.

Auf meiner Seite gab es nur das Lager eines Möbelmarktes und einen endlosen leeren Parkplatz. Dorthin hatte ich Frank bestellt.

Ich bezog meinen Posten im Inneren der Halle. Dort standen Getränke in Kästen aufgetürmt, dass einem schwindlig davon werden konnte. Biere, Limonaden, Säfte und Mineralwasser. Kästen mit Flüssigkeit ragten bis zur Decke hinauf, manchmal locker an die acht, neun Meter. Alle zusammen bildeten ein unwegsames Gebirgsmassiv aus Getränken, mit atemberaubenden Gipfeln, spitzen Klippen und gefährlichen Überhängern. Über eine Holztreppe fand ich den Weg von der Rückseite her auf einen der höchsten Bier-Berge. Von hier aus hatte man den gesamten Parkplatz im Blick.

Und so bemerkte ich das sich nähernde Fahrrad schon zwei Minuten, bevor es vor der Halle eintraf. Bis dahin stellte ich mir vor, dass es jemand anderer war, jemand, der zufällig heute Abend eine Runde über den leeren Parkplatz drehte. Und dessen Fahrrad zufällig die gleiche Farbe hatte wie das von Frank.

Dann war er da. Frank stieg ab und sah sich um. Eine Weile stand er da und wusste nicht recht weiter.

Ich war bestürzt. Erst jetzt wurde mir klar, dass ich bis zuletzt davon ausgegangen war, dass er nicht kam. Aber in diesem Moment stand unwiderruflich fest: Frank Myllendonck hielt mich für einen Jämmerling und er, der mich seinen einzigen, wahren Freund genannt hatte, war eigens hergekommen, um mich über die Klinge springen zu lassen.

»Heh!«, rief Frank. »Ist da jemand?«

Ich hatte genug von ihm. Sollte er hier stehen und warten, bis er schwarz wurde. Und sollte er im Knast vermodern, denn von mir würde er niemals ein Alibi bekommen!

Dann fiel mir ein, dass Nowottni ihn gar nicht mehr verdächtigte. Frank war fein raus. Im Vergleich zu dem, was er gegen mich anzetteln konnte, war Pennys Verleumdungsaktion ein harmloses kleines Spielchen gewesen.

Ich machte einen Schritt die Leiter hinunter. Das leise Klingeln der Flaschen in den Kästen ließ Myllendonck augenblicklich herumfahren. Angespannt starrte er von draußen in das Dunkel des Getränke-Gebirges.

»Hallo?«

Ich machte keinen Muckser.

Frank kam vorsichtig näher. Er war sich nicht sicher, ob er wirklich etwas gehört hatte. Und wenn doch, dann war er sich nicht sicher, ob es klug war, dem nachzugehen.

Im Eingang zur Halle blieb er stehen. Er wartete.

Inzwischen musste ich mein Gewicht auf den anderen Fuß verlagern. Es klingelte wieder. Der Bierkasten, der den Gipfel bildete, erzitterte leicht.

»Verdammt noch mal, ist da jemand?«, wollte Frank wissen. Dann machte er ein paar entschlossene Schritte, bis er am Fuß des Gebirgsmassivs stand.

Wieder rappelte der Kasten. Ich konnte in der Haltung nicht mehr reglos verharren.

Frank riss den Kopf hoch und in dem Moment konnte ich sein Gesicht sehen.

»Du verdammtes Arschl...«, formten seine Lippen.

Im selben Moment drückte ich mit aller Kraft gegen den Kasten, der mir am nächsten war.

Der Hauptturm aus Bier schwang zurück und wieder vor. Er würde es nicht wieder zurück schaffen.

Ich und die Lawine aus Bier waren das Letzte, was Frank Myllendonck sah.

Im nächsten Moment begrub ihn ein fast zehn Meter hoher Turm aus Getränken unter sich.

23

»Mord ist nicht nur ein schweres Verbrechen, es ist eine Todsünde«, gab der Pfarrer zu bedenken.

Er hatte Recht. Wenn einer der Anwesenden das beurteilen konnte, dann ich.

Allerdings war Mord ein weiter Begriff. Es gab verschiedene Arten von Mord. Mord aus dem Affekt, von langer Hand geplanter Mord, vorsätzlicher Mord, heimtückischer Mord, Mord aus sozialer und medizinischer Notlage und Mord als letzter Ausweg.

Manchmal konnte man gar nicht recht von Mord reden.

Ich hatte niemanden heimtückisch umbringen wollen. Wozu auch? Das mit Penny tat mir nachträglich sogar Leid. Viel hätte ich inzwischen dafür gegeben, mich mit ihr aussprechen zu können. Von Adi Betzenberg konnte ich das nicht behaupten.

Und was den gerade erst Heimgegangenen betraf, so wollte der Pfarrer andeuten, dass niemand das Recht hatte, jemanden heimzuschicken, bevor er nicht heimgerufen wurde. Geistlich gesehen mochte das ja stimmen. Aber der Gottesmann hatte nicht Franks letzten Gesichtsausdruck gesehen, diese Mischung aus Ekel, Unverschämtheit und Verachtung, die nichts anderes im Sinn gehabt hatte, als mich zu zerstören. Er wusste nicht, wovon er redete.

Ansonsten stimmte bei Franks Beerdigung eigentlich alles.

Fast hundert Trauergäste waren anwesend, darunter einige von Franks alten Schulfreunden, schätzungsweise sogar alte Bekannte, mit denen zusammen er früher schon im Sandkasten gespielt hatte. Dann die Verflossenen und stillen Verehrerinnen. Jogging-Bekanntschaften und Saufkumpane. Des Weiteren seine Sportsfreunde, mit denen ihn die Liebe zum Speckbrett verbunden hatte, der Golfclub samt Kassenwart, seine Kumpels vom Yacht-Verein und die Doppelkopf-Runde.

Ich war nicht nur beeindruckt davon, wie beliebt Frank Myllendonck zu Lebzeiten gewesen war. Sondern auch davon, dass es hier echte Trauer gab, nicht nur die modisch gestylten langen Gesichter, die Adis Beerdigung geprägt hatten. Die Menschen hier waren sprachlos, geschockt, manche voller ohnmächtiger Wut und wieder andere, wie Frau Hoppenkamps, erfüllt von warmem Mitgefühl.

Das Letzte verdiente bei dem Wetter die meiste Hochachtung. Die Sonne knallte nämlich unbarmherzig vom Himmel und Trauergäste waren ihre liebsten Opfer. Schwarze Klamotten und wenig nackte Haut. Keine Aussicht auf einen erlösenden Wolkenbruch wie beim letzten Mal. Bei allem echten Entsetzen über die unfassbare Tat war den meisten in Momenten, in denen sie sich unbeobachtet fühlten, das Verlangen nach einer Dusche und einem kühlen Bier deutlich ins Gesicht geschrieben.

Rainer Tisch war diesmal gekommen. Er stand neben mir, ernst und aufrecht wie eine schwarze Säule und las unentwegt in einer kleinen roten Bibel, als sei sie das Textheft zur Beerdigung. Immer wieder rückte er mir auf die Pelle und hielt mir das Buch hin, damit ich mit hineinschauen konnte. Aber ich hatte kein Interesse daran und rückte von ihm weg. So gerieten wir nach und nach in Amandas Nähe.

Und sie war zweifellos der Höhepunkt der Beerdigung.

Alle um mich herum schwitzten. Ich kenne mich aus mit Schweiß und genoss es, ihn einmal nicht als Einziger abzusondern. So konnte ich schwitzen, ohne mich zu blamieren.

Es gab alle Sorten von Schweiß. Süßlichen und säuerlichen. Angenehm herben und abstoßenden, ja Übelkeit erregenden. Schweiß, den man aus dem Raubtierhaus im Zoo zu kennen glaubt, und solchen, der nach öffentlicher Toilette und der ihr typischen Mischung aus Zigarettenqualm und Urin roch. Rainer Tisch war fast geruchlos bis auf einen feinen, stechenden Schweißgeruch, der nur hervortrat, wenn er eine Bewegung machte.

Nur Amanda schwitzte nicht. Sie duftete. Es war angenehm und erfrischend, ihren Geruch einzuatmen. Mehr noch, es war anregend.

Dem ständig nachrückenden Tisch ausweichend, stand ich schließlich ziemlich dicht hinter ihr. Amanda trug einen kleinen, schwarzen Hut und eine undurchsichtige

Sonnenbrille, deren Bügel ich in ihrem Haar verschwinden sah.

Während der Pfarrer seine kleine Rede hielt, in der er versuchte, Frank Myllendoncks tragisches Ende mit Hilfe einer Stelle aus dem Buch Hiob verstehen zu helfen, beobachtete ich ein winziges Insekt von der Sorte, die bei schwüler Witterung zur Plage werden. Das Krabbeltier landete auf Amandas Hals. Es hatte sich die einzige freie Stelle ausgesucht, einen idealen Landeplatz, denn der Rest des Halses wurde entweder durch Haar oder durch den Kragen ihrer Bluse verdeckt. An dieser Stelle war der Kragen etwas verrutscht, so dass es mir möglich war, das Tierchen auf seiner Reise den Halsansatz entlang nach vorne und in die Bluse hinein noch ein Stück zu begleiten. Fast wäre es ihm gelungen, durch das Tal zwischen Amandas Brüsten zu entkommen, doch im letzten Moment kratzte sie sich und das war das Ende des Insekts.

»Lasset uns beten!«, forderte uns der Geistliche auf. Amanda richtete sich auf und die Bluse schloss sich um ihren Hals.

Als ich ihr kondolierte, wusste ich nicht, ob sie mich überhaupt anschaute. Sie trug eine Brille, die so schwarz war, dass es niemandem aufgefallen wäre, wenn sie ohne Augen gekommen wäre.

Vieles, was uns heute sinnlos, ja sinnwidrig erscheint, hatte der Priester gesagt, wird uns eines Tages seinen Sinn erschließen.

Ich wusste plötzlich, dass alles nur ihretwegen geschehen war.

Schreckliche Ereignisse, die mich nachts aufwachen ließen und mir für ganze Abende die Lust am Fernsehen verdarben, erhielten endlich ihren Sinn. Penelopes Tod, den ich bisher als ein bedauerliches Versehen betrachtet hatte. Der Mord an Adrian Betzenberg, der notwendig gewesen war, dessen eigentlicher Zweck aber weit über die nichtswürdige Person des Rotgesichts hinausging. Und Frank, meinen so genannten Kumpel.

Völlig klar: Er musste weg, weil er nichts für Amanda war. Ebenso wenig wie Adi.

Amanda und ich – das war der Sinn!

Als die Zeremonie vorüber war, vermied ich es, mit irgendjemandem zu sprechen. Ich verließ den Friedhof in einer feierlichen, fast andächtigen Stimmung. Endlich wusste ich, was Leute meinten, wenn sie davon berichteten, eine Sinn-Erfahrung gemacht zu haben.

»Ich wüsste nur zu gern, was er da gesucht hat.«

Kommissar Nowottni. Bisher hatte ich ihn noch nicht entdeckt, was mich dazu verleitet hatte zu glauben, dass er nicht gekommen war.

»Wer?«, fragte ich. »Wo?«

Er bot mir einen Schluck aus seiner Colabüchse an. Ich schüttelte den Kopf.

»Na, der Verblichene«, sagte er. »In dem Getränkelager.«

Ich zuckte mit den Schultern. »Vielleicht wollte er nur allein sein.«

Er grinste. »Im Ernst.«

Natürlich konnte ich den Kommissar einfach stehen lassen. Ihn um Verständnis bitten, weil ich jetzt lieber allein sein wollte. Aber er sah so aus, als wollte er eine Antwort auf seine Frage, und ich wollte herausfinden, ob ich immer noch auf seiner Liste stand.

»Myllendonck war ziemlich fertig«, erklärte ich. »Er fühlte sich hereingelegt und beteuerte seine Unschuld. Tja, wir haben uns dann für den Abend verabredet. Wollten uns besaufen. Vielleicht wollte er noch Getränke einkaufen.«

Nowottni schien darüber nachzudenken.

»Wussten Sie eigentlich«, wechselte er wieder das Thema, »dass er merkwürdige Vorlieben hatte? Betzenberg, meine ich. Vorlieben sexueller Art.«

»Nein.«

»Er stand auf Schlingen um den Hals. Wenn die Luft knapp wurde, dann erst kam er in Fahrt.«

»Aber er ist doch nicht erdrosselt worden.«

»Das nicht. Aber die arme Penny wusste davon. Also musste sie deshalb sterben. Daraufhin schwor ihr Lover Rache und gab Betzenberg eins mit dem Speckbrett aufs Dach.«

»Der Lover, der auch Penny umgebracht hat?«

Nowottni zeigte den Ansatz eines Nickens. Sehr überzeugt schien er von seiner Theorie nicht zu sein.

»Und Myllendonck?«, fragte ich.

»Er war der ideale Verdächtige. Also hat ihn der Mörder zum Schweigen gebracht, bevor er seine Unschuld beweisen konnte.«

Mir war Nowottni auf einmal sympathisch. Dabei vergaß ich nicht, dass er Polizist war und ich derjenige, hinter dem er her war. Trotzdem mochte ich ihn. Schließlich tat er sein Bestes und konnte nicht ahnen, dass ich die Lösung der Rätsel war, über die er sich den Kopf zerbrach.

»Wie lange, glauben Sie«, fragte ich ihn, »werden Sie brauchen, bis Sie den Mörder haben?«

Nowottni ballte die Hand, die die Büchse hielt, zur Faust und warf das zerknüllte Blech in die Nähe eines überfüllten Mülleimers.

»Da muss irgendjemand sein, der sich über Herrn Myllendonck ziemlich geärgert hat«, dachte er laut nach. »So sehr, dass er ihm fast eine Tonne Hefeweizen auf den Kopf gekippt hat.«

Ich dachte auch nach.

»Mein Bruder Henning«, mutmaßte ich vage. »Genauer gesagt, mein Halbbruder. Er hielt ihn für schuldig am Tod Betzenbergs.«

Eine Weile starrte der Kommissar gleichgültig geradeaus. Doch dann schnappte er sich den Köder.

»Wo kann ich Ihren Bruder erreichen?«, erkundigte er sich freundlich.

Ich lächelte bedauernd.

»Er ist in Südamerika. Einen Film drehen.«

24

Ich träumte von Amanda. Stellte sie mir vor, wie sie mir auf der Beerdigung ihren Rücken zugekehrt hatte, und ließ sie langsam einen Schritt zurücktreten, bis ihr Körper meinen berührte. Wünschte mir, jenes kleine Gewitterwürmchen zu sein, dass zwischen ihren Brüsten Kurs auf ihren Bauchnabel genommen hatte.

Die Wirklichkeit sah wesentlich nüchterner aus. Amanda war eine tolle Frau und selbst ich konnte mir keinen Grund denken, weshalb sie sich mit einem zwanghaften Schwitzer wie mir abgeben sollte.

Die nächsten Tage und Abende waren wieder von der Sorte, dass ich den Menschen hasste, der den Spiegel erfunden hatte. Dennoch konnte ich nicht anders, als ins Bad zu gehen. Ich sah einen Typen mit krausem Haar und unstetem Blick, dessen Mund unablässig neue Grimassen schnitt, weil er sich nicht traute, in einer Stellung zu verharren. Er sah in jeder verkrampft und lächerlich aus.

Im Hintergrund lief eine Sendung über anspruchsvolles Nachtleben. Junge Führungskräfte in Sportwagen gaben ihre Vorlieben zum Besten, was gutes Essen anging.

Ich stellte den Kasten aus, dann stellte ich ihn wieder an. Das und nichts weniger war mein erklärtes Ziel gewesen. Unter Menschen zu sein, die immer gut drauf waren. Leute mit Problemen, solche, die schlechte Stimmung verbreiteten, gehörten einfach nicht dazu.

Hier, vor dem Spiegel, erschien mir das Ziel in unerreichbarer Ferne zu sein. Es war so, als nähme ich mir vor, auf Krücken den Mount Everest zu besteigen.

Aber ich hatte keine Wahl. Der Balken hing so hoch wie die Wolken, aber darunter brauchte ich es bei Amanda gar nicht erst zu versuchen. Ich musste einer von diesen Leuten werden, die toll aussahen, ohne sich darum zu bemühen. Fit und witzig. Kontaktfreudig und jederzeit zu einem Flirt aufgelegt. Einer wie Frank Myllendonck.

Auch nach seinem Tod machte er noch seinen Einfluss geltend. Das trug nicht gerade dazu bei, dass ich meinen Frieden mit ihm machen konnte. Wie kam er dazu, immer noch die Regeln zu bestimmen?

Wenn du ins Gras beißt, mein Lieber, hörte ich seine Stimme, dann stehen keine hundert Leute um dein offenes Grab. Auch keine fünfzig. Kein Golf-Club, keine Segel-Bekanntschaften. Nicht einmal eine Mensch-ärgere-dich-nicht-Runde. Wie ich dich kenne, steht da gar keiner, was? Er grinste. Du bist einer von den Typen, die ewig leben müssen, weil ihr Begräbnis eine bodenlose Blamage wird.

Das stimmte. Vielleicht nicht ganz. Wenn ich mir mein Ableben vorstellte, dann sah ich den Pfarrer und den Kommissar. Zwei Leute immerhin. Aber es reichte nicht.

Du glaubst, du hättest mit deinen grausamen Taten triumphiert, hörte ich meinen Bruder. Aber du hast gar nichts geändert. Für jemanden wie dich gibt es nur eine Möglichkeit, unter die Erde zu kommen: indem er vor Scham im Boden versinkt, haha!

Damals wurde mir zum ersten Mal wirklich klar, dass Verbrechen sich nicht lohnt. Es war keine moralische Erkenntnis, nichts, das mit Reue zu tun hatte oder der Einsicht in staatsbürgerliche Verantwortung. Verbrechen lohnt sich nicht, weil es nicht der Mühe wert ist. Du machst dir eine Menge Arbeit, nimmst ein verdammt hohes Risiko auf dich und dann bleiben die Dinge, wie sie sind. Und du bist derjenige, der in den Arsch gekniffen ist.

Ich gewöhnte mir an, zwischen den Werbepausen, während der kurzen Zeit, in der Programm gesendet wurde, einen Grappa zu mir zu nehmen. Später wurden es zwei. Und das ließ mich mit der Zeit eine andere Einstellung zu den Dingen einnehmen. Die düsteren Gedanken verschwanden nicht. Aber sie vermischten sich mit anderen, die heller waren, manche klangen sogar euphorisch. Alles zusammen wurde zu einem breiigen Gedanken-Gemisch, das die Grenzen zwischen dem, was in der Glotze passierte, und dem, was ich mir mit Amanda vorstellte, nach und nach aufweichte.

Statt zum Arbeitsamt zu gehen und um mich um einen neuen Job zu bemühen, ging ich in ein Sportartikelgeschäft und kaufte einen Jogginganzug. Zunächst traute ich mich nicht und benahm mich schüchtern und gehemmt, als wäre ich ein heimlicher Transvestit, der sich nach Damenwäsche erkundigte.

Als ich in der Umkleidekabine im neuen Outfit vor dem Spiegel stand – grün schimmernd mit weißen Streifen, dazu weiße Turnschuhe mit grünen Streifen – fand ich nicht, dass ich aussah wie die guten alten Freunde aus dem Fernsehen. Ich sah aus wie ein Langzeitpatient, der in der Klinik durch die Flure tappt auf der Suche nach dem Raucherzimmer.

Aber genau daran galt es zu arbeiten. Sobald ich zu Hause war, widerstand ich dem unmittelbaren Impuls, den Fernseher einzuschalten. Ich zwängte mich in die Fitness-Ausrüstung und drehte eine Runde. Ich schaffte es kaum bis zum Kiosk um die Ecke.

Es war die Hölle. Meine Lunge begann zu pfeifen wie ein Wasserkessel und dann kamen die Seitenstiche. Ich krümmte mich zusammen und schleppte mich mühsam nach Hause. Im Treppenhaus rempelte ich Frau Engelbrecht an, die spöttisch grinsend den Kopf schüttelte. Diese Ziege!

Es war eine Frage der Kondition. Ich hatte ganze Jahre, vielleicht Jahrzehnte aufzuholen. Am schlimmsten war der Muskelkater danach. Aber mit der Zeit schaffte ich sogar zwei Runden hintereinander, ohne danach das Gefühl zu haben, dass mein Herz mir aus dem Hals sprang. Danach belohnte ich mich meistens mit einem gemütlichen Fernsehabend und einem Grappa extra. Ich genoss es, den Schweiß am Körper zu spüren, denn es war echter, rechtschaffener Schweiß, der nicht von Angst vor Peinlichkeit herrührte, sondern von sportlicher Anstrengung. Ich war fest davon überzeugt, dass er anders roch, ehrlich und bewundernswert. Anfangs zögerte ich sogar, meine Joggingklamotten zu waschen. Dieser Schweiß, so fand ich, war ein nicht zu fälschender Beweis für das, was das Leben, ja, den ganzen Kosmos, ausmachte: für Leistung. Es gab kein wertvolleres Gut.

Karrieren konnte man sich erschleichen, Geld konnte man klauen. Menschen konnte man kaufen. Aber Schweiß konnte man sich nirgendwo besorgen, man musste ihn selbst produzieren. Schweiß war der Geruch von Leistung. Und Leistung war die Eintrittskarte in die menschliche Gemeinschaft. Mehr noch, sie war eine Existenzberechtigung.

Allmählich dehnte ich meine Läufe aus. Fünf Runden um den Block, dann zum Park und zurück. Dann zum Park, zwei Runden um den kleinen Weiher und zurück. Ich hatte vor, es irgendwann bis zu Amandas Haus und zurück zu schaffen, aber mit der Zeit sah ich ein, dass das Ziel ehrgeizig gesteckt war. Wenn ich das schaffen wollte, brauchte ich mindestens ein halbes Jahr Training und so lange konnte ich nicht warten.

Also fuhr ich mit dem Bus bis in ihre Straße und lief dort noch eine Runde um den Block. Ihrem Haus gegenüber machte ich eine kleine Rast und beobachtete Amanda, wie sie am Schreibtisch saß und auf die Tastatur ihres Computers tippte. Manchmal telefonierte sie auch. Spät abends verließ sie hin und wieder das Haus und radelte zu einer Musikkneipe, die ein paar Kilometer entfernt lag, wo sie noch ein oder zwei Stunden verbrachte.

Ich stieß auf nichts, das ich als Einstieg nehmen konnte, als Anlass, mit ihr Kontakt aufzunehmen. Mehrmals erwägte ich, einen Strauß Blumen zu kaufen und ihr einen Kondolenz-Besuch abzustatten, aber ich verwarf die

Idee wieder. Es war zu plump und wenig geeignet, ihr den Hof zu machen. Von der kargen Konversation über Verstorbene und höfliche Floskeln der Anteilnahme zu einer Einladung zum Essen oder ins Kino war es ein zu langer Weg.

Irgendwo habe ich gelesen, dass frühe Erlebnisse ein Raster bilden, das die Struktur der folgenden entscheidend prägt. Man greift später immer wieder darauf zurück und das gilt für Pannen und Erfolgserlebnisse gleichermaßen. Was Annäherungsversuche angeht, so konnte ich nur auf ein Erlebnis zurückgreifen, und dann auch noch eins, das in Peinlichkeit und Frustration geendet hatte. Ein Mädchen, das vorher keinerlei Notiz von mir genommen hatte, hatte sich immerhin später mit mir auf eine Bank gesetzt, von wo aus wir den Mond angeschaut hatten. Und das nur, weil ich ihren verlorenen Fahrradschlüssel gefunden hatte.

Mehr war nicht gewesen. Aber es brachte mich auf eine Idee.

Natürlich konnte ich mich immer noch nicht mit Franks Sportsfreunden vergleichen, aber für meine Verhältnisse war ich ganz schön in Form. Das gab mir ein gutes Gefühl. Ein Gefühl der Stärke. Ich hielt jetzt sogar meinem Spiegelbild stand.

Tina Engelbrecht hatte nach einem letzten, wolkenbruchartigen Streit ihren Lover mit der Halbglatze endgültig abserviert. Die dadurch frei gewordene Zeit verbrachte sie damit, Maßnahmen gegen mich einzuleiten. In den Räumen, deren Fenster ich einsehen konnte, stellte sie Strahler mit zweihundert Watt Leistung auf, die dafür sorgten, dass drei Viertel meiner Wohnung auch nachts taghell blieben.

Ich fand es an der Zeit, einen Waffenstillstand einzuleiten.

Am Abend meines geplanten Treffens mit Amanda schellte ich, bevor ich das Haus verließ, an ihrer Wohnungstür. Tina öffnete im Morgenmantel und roch nach

Schaumbad. Bevor sie mir eine Unverschämtheit an den Kopf werfen konnte, zog ich eine Flasche Rotwein hinter dem Rücken hervor und drückte sie ihr in die Hand.

»Ein Friedensangebot«, sagte ich, so charmant ich konnte, und deutete auf das rosa Kärtchen, das an einem Bändchen vom Flaschenhals baumelte. »Steht alles da drauf.«

Tinas Mund stand offen, aber sie brachte kein Wort heraus. Ganz langsam verzog sich ihr Mund zu einem Lächeln. Ich wartete nicht, bis es ganz auf ihrem Gesicht erblüht war, sondern winkte ihr kurz zu und lief die Treppe hinunter.

Zwanzig Minuten später stand ich vor Amandas Stammkneipe. An der Hauswand lehnte ihr Fahrrad. Mit einem vorsichtigen Blick durchs Fenster vergewisserte ich mich, dass sie nicht gerade in diesem Moment das Lokal verließ. Sie hockte an der Bar bei einem Glas Bier, das noch zu drei Vierteln voll war.

Amandas Rad war ein rötlich schimmerndes Schmuckstück mit mehr Gängen als ein Geländewagen. Außerdem war es mit einer Luftpumpe ausgestattet. Ich brauchte nur wenige Sekunden, um das Ventil aus dem Vorderrad zu schrauben. Das Fahrrad machte ein zischendes Geräusch und sank leicht nach vorne.

Ich steckte das Ventil in die Tasche und lief gemütlich ein paar Straßen auf und ab.

Als ich zurückkehrte, stand Amanda bei ihrem Zweirad, die Fäuste in die Hüften gestemmt. Ich drosselte meine Geschwindigkeit, um sie noch etwas zappeln zu lassen.

Inzwischen war es dunkel. Amanda bückte sich und suchte die Flächen des Bodens ab, die vom Kneipenfenster beleuchtet wurden. Dann hockte sie sich hin und tastete mit den Händen im Finsteren.

In diesem Moment traf ich ein und hielt, auf der Stelle laufend, beim Glaskasten, in dem die Speisekarte hing, während sie zischend vor sich hin fluchte.

Ich wandte mich um. »Kann ich helfen?«

»Verdammter Mist ...«, zischte Amanda.

Ich trat näher. »Entschuldigung«, sagte ich.

Amanda hockte auf dem Boden und tastete. »Irgendein Blödmann hat mein Ventil rausgeschraubt! Jetzt kann ich nach Hause schieben!«

»Ich helfe Ihnen suchen«, sagte ich und tat so, als würde ich zwei Meter weiter links, wo es absolut finster war, den Boden abtasten.

»Ach, lassen Sie nur«, wehrte Amanda ab.

Ich angelte das Ventil aus der Hosentasche. »Ist es das?«, fragte ich und hielt es hoch.

Amanda sprang auf. »Ja, wo haben Sie ...« Jetzt erkannte sie mich. »Ach, du bist das! Was machst du denn hier in der Gegend?«

Ich lächelte. »Laufen. Da kommt man viel herum.«

»Jedenfalls danke.« Sie nahm das Ventil in Empfang und schraubte es ein. Währenddessen hatte ich mich der Luftpumpe bemächtigt und machte ihr Fahrrad startklar.

Amanda lächelte. »Tja, kann ich dich noch zu etwas einladen?«

Ich zuckte die Schultern. »Ich weiß nicht. Es ist schon spät und ...«

»Komm schon. Ein Bierchen. Als Dankeschön.«

Alles klappte wie am Schnürchen.

Zehn Minuten später saßen wir in einer Nische, die mit zwei Stufen und einem kleinen Geländer vom restlichen Lokal abgegrenzt war, und tranken unser Bier. Leider war das das Einzige, was wir taten.

»Tja«, sagte ich. Das Schweigen machte mich nervös, schon weil ich meine Chance nicht leichtfertig verbummeln wollte. Ich begann wieder zu schwitzen. Und das nicht, weil ich mich beim Laufen angestrengt hatte.

»Tut mir Leid, das mit Frank«, sagte ich.

Amanda machte ein undefinierbares Gesicht. Es war etwas Ironisches in ihrem Blick und ich wusste nicht, ob die Ironie mir und meiner floskelhaften Anteilnahme galt oder Frank selbst.

»Und das mit Adrian Betzenberg«, fügte ich vorsichtig hinzu.

Für einen Moment musterte sie mich aufmerksam, dann hatte ihr Blick genug und schweifte ab. Amanda schien vergessen zu haben, dass ich ihr gegenübersaß.

»Tut dir das wirklich Leid?«, fragte sie dann.

»Was?«

»Na das, was du gesagt hast. Das wegen Frank. Und das wegen Adi.«

»Ich weiß nicht, was du meinst.«

»Adi war ein Arsch und Frank ein Langweiler.«

»Findest du?«

»Allerdings. Bei Männern gibt es offenbar nur diese zwei Typen. Meinst du nicht?«

Ich schwitzte wie ein Käse in der Sonne. Was wollte Amanda von mir? Welchen Grund hatte sie, mich mit ihrem Blick an die Wand zu nageln? Immerhin hatte ich ihr Ventil wieder gefunden.

»Ich weiß nicht«, sagte ich.

Amanda lächelte. »Was gibt's?«, fragte sie. »Ist dir nicht gut?«

Es war genauso wie damals. Die Bank im Mondschein. Der Schweißtropfen auf ihrem Rock. Alles wiederholte sich.

»Doch«, sagte ich und erhob mich. »Aber ich denke, ich muss jetzt leider ...«

»Trinkst du dein Bier nicht zu Ende?«

»Doch, das heißt, nein, ich, eh ...«

»Weißt du, ich hätte gerne gewusst«, sie nahm einen Schluck von ihrem, »ob es noch einen dritten Typ gibt. So wie ich dich einschätze, bist du nicht der Typ Arsch.«

Ich grinste verlegen. »Tja, das ehrt mich ...«

»Lass stecken«, sagte sie, als ich meine Brieftasche hervorkramte. »Schon vergessen, dass ich dich einladen wollte?«

Mir wurde heiß. »Nein, natürlich nicht.«

»Das heißt, doch«, ahmte sie mich feixend nach.

Ich stolperte hinaus und machte mich davon.

Es gab noch einen dritten Typ. Den, der genau ihr Typ war. Aber anstatt ihr das zu sagen, hatte ich auf tollpatschige Art und Weise den Rückzug angetreten. Nicht der Typ Arsch ...

Ich konnte ihr nicht verdenken, dass sie mich zum Typ Langweiler zählte.

25

Am nächsten Morgen, so gegen elf Uhr, herrschte reges Treiben im Treppenhaus, das sich nach einem Umzug anhörte. Allerdings konnte ich mir schon denken, was es war, bevor jemand an meiner Tür klingelte.

»Hauptkommissar Wittgenstein«, stellte sich ein junger Spund vor. Er war so groß, dass er mit seinem Rotschopf die obere Kante der Türfüllung streichelte, und hatte einen fetten rosa Pickel über dem rechten Mundwinkel. »Kann ich Ihnen ein paar Fragen stellen?«

Ich trat auf den Flur, als zwei Beamte gerade eine Bergungswanne aus der Nachbarwohnung trugen. Ein weiterer Beamter hielt die Bewohner der unteren Stockwerke am nächsttieferen Treppenabsatz zurück, von wo aus sie als Schaulustige das Geschehen verfolgten.

»Kannten Sie Ihre Nachbarin Frau Engelbrecht?«, wollte der Rotschopf wissen.

Ich wiegte den Kopf hin und her. »Das würde ich nicht gerade sagen. Hin und wieder hatten wir ein interessantes Gespräch über Treppenhaushygiene. – Aber was ist mit ihr geschehen?«

Tina Engelbrechts Wohnungstür stand offen. Da Durchzug herrschte, wehte eine seifige Brise Sauberkeit um meine Nase.

»Sie ist tot«, erklärte der Kommissar. »Jemand hat sie ermordet. Genauer gesagt, vergiftet.«

Ich war schockiert. »Tot, sagen Sie? Ermordet?«

»Das Gift stammt höchstwahrscheinlich aus einer Flasche Rotwein. Wir werden das noch im Labor überprüfen.«

»Aber wer ...«, stammelte ich. »Und warum?«

»An der betreffenden Flasche hing ein Kärtchen mit dem Spruch ›Lass uns Frieden schließen!‹ Fällt Ihnen dazu etwas ein? Hatte Frau Engelbrecht Feinde oder Bekannte, mit denen sie sich zerstritten hatte?«

Frau Lohwitsch, die genau unter Tina wohnte, bahnte sich an einem Polizisten vorbei den Weg zu Wittgenstein.

»Nicht, dass ich horchen würde, das geht mich nichts an!«, zischte sie. »Aber Frau Engelbrecht wohnt direkt über mir, da kann man nicht weghören. Sie hatte eine Menge Verehrer. Und neulich, da hat sie sich mit einem gestritten. So richtig laut, ich musste den Fernseher lauter drehen.«

»Konnten Sie verstehen, worum es ging?«

»Verstehen – also, denken Sie nicht, ich horche, aber da *konnte* man ja nicht anders! Sie hat ihn hinausgeworfen. Und er hat gesagt: ›Glaube bloß nicht, du kannst mich einfach so abservieren!‹ Das hat er gesagt.«

»Ist das der Mann?« Der Kommissar deutete auf einen dicklichen Mann mit einer fleischigen Knollennase, der neben einem Polizisten vor Tinas Wohnung stand.

»Woher soll ich das wissen?« Frau Lohwitsch schüttelte den Kopf. »Denken Sie, ich würde meinen Nachbarn hinterherspionieren?«

»Vielleicht haben Sie zufällig gesehen, wie er später das Haus verließ.«

» Nein.« Sie schüttelte den Kopf. »Das ist er nicht.«

»Ist Ihnen der Mann bekannt?«, wandte sich Wittgenstein an mich.

Auch ich schüttelte den Kopf. Wenn der Kerl ihr neuer Lover war, dann war er so brandneu, dass er bisher noch nicht mal bei Tina auf dem Klo gewesen war.

»Er hat nämlich heute Morgen die Tote gefunden«, fügte der Kommissar hinzu.

Der Finder verzog das Gesicht, als verspüre er einen plötzlichen Schmerz. »Herr Kommissar, ich möchte Sie nochmals dringend bitten, diese Angelegenheit diskret zu behandeln. Ich bin ein verheirateter Mann.«

Frau Lohwitsch zog so pikiert die Luft ein, als halte sie das Verheiratetsein für eine ansteckende, gefährliche Seuche. Während sie der Polizei eine recht detaillierte Beschreibung des Glatzkopfes gab, empfand ich eine plötzliche Welle nachträglicher Sympathie für Tina Engelbrecht. Sie tat mir Leid, dass sie an einen geraten war, der nach ihrem tragischen Tod nichts anderes im Sinn hatte, als sich Diskretion auszubitten.

Eine arme, einsame Seele war sie gewesen und das eigentlich Tragische daran war, dass ich sie nicht einmal als solche erkannt hatte. Der Sauberkeitstick war ihre Art gewesen, die Welt um Aufmerksamkeit zu bitten. Ich hatte diese Bitte nur anders formuliert. Möglicherweise hätten wir uns zusammentun können, aber stattdessen waren wir uns in die Quere gekommen.

Wenn ich schon nicht mehr damit aufhören konnte, dann nahm ich mir vor, von jetzt an meine Zielpersonen sorgfältiger auszuwählen.

Jemand drängelte sich von unten durch den Menschenauflauf: Kommissar Nowottni. Nachdem er sich zu einer kurzen Unterredung mit Wittgenstein in die Wohnung der Ermordeten zurückgezogen hatte, kam er auf mich zu.

»Eigentlich wollte ich nämlich zu Ihnen«, raunte er.

»Zu mir?«

Meine Fingerspitzen fühlten sich auf einmal feucht an. Nowottni folgte mir in meine Wohnung und hinter ihm kam sein Kollege, der argwöhnisch die Ohren spitzte.

»Tja, das ändert natürlich eine Menge«, gab Nowottni zu. »Da komme ich, um Sie zu besuchen, und zufällig ist gerade ein Mord passiert.«

»Ob es sich wirklich um Zufall handelt«, meldete sich der Mann mit dem Pickel, »das werden wir noch herausfinden.«

Nowottni streckte den rechten Zeigefinger und hielt ihn wie eine Sehenswürdigkeit hoch. »Wissen Sie, was ich denke? Sie sind das Bindeglied zwischen den beiden Fällen.«

Der Finger schwenkte in meine Richtung.

»Ich?«

»Der Fall Paulussen und der Fall ...« Nowottni schickte seinem Kollegen einen Hilfe suchenden Blick.

»Engelbrecht.«

»Ja. In beiden Fällen steht der Liebhaber unter dem Verdacht, den Mord begangen zu haben. Aber die beiden Frauen haben einander nicht gekannt. Sind sich nie über den Weg gelaufen. Nur Sie.«

»Aber ich kannte Frau Engelbrecht nicht«, beteuerte ich.

»Und Sie sind sicher, dass Sie kein Verhältnis mit ihr hatten?«, setzte Wittgenstein nach.

»Absolut sicher. Das gilt auch für Frau Paulussen.«

»Eben«, stellte Nowottni listig fest.

Wittgenstein kam nicht mit. Er machte ein ziemlich dummes Gesicht.

»Worauf wollen Sie hinaus, Herr Kollege?«

»Ich denke mir das so«, machte sich Nowottni wichtig. »Unser Mörder hat seine Opfer über Herrn Schumm kennen gelernt.«

»Unser Mörder?«

Nowottni sah genervt aus. Mir kam der Verdacht, dass er den anderen nicht besonders schätzte.

»Natürlich der von Penelope Paulussen und Frau Engelbrecht«, erklärte er und wandte sich an mich: »Demnach muss es ein Bekannter von Ihnen sein.«

»Ich habe keine Bekannten«, stellte ich fest.

»Es geht auch anders«, mischte sich Wittgenstein ein. »Wenn er, wie Sie sagen, das Bindeglied ist, dann könnte er selbst der Mörder sein, oder nicht?«

»Könnte«, bestätigte Nowottni.

»Es wäre die einfachste Lösung.«

»Zu einfach.«

»Wie kann etwas zu einfach sein?«

»Der gerade Weg ist der verschlungene. Ein chinesisches Sprichwort.«

»Na und?«

Ich sah, wie Nowottnis Mund ganz leicht zuckte.

»Was heißt ›na und‹?«, fragte er lauernd.

»Wir sind nicht in China. Stimmt doch, oder?«

»Ich würde sagen, Sie haben einen ausgeprägten Sinn für Offensichtliches.«

»Vielleicht.« Wittgenstein grinste böse. Dann machte er einen Schritt auf mich zu. »Aber ich bleibe dabei: Dieser Mann ist der Mann, den wir suchen.«

Sein Kollege zog die Brauen hoch. »Motiv?«, fragte er spitz.

»Krieg ich noch raus. Aber er war's. Das sagt mir mein Hühnerauge.«

»Na schön.« Nowottni raffte sich plötzlich auf wie einer, der begreift, dass er seine Zeit verschwendet. »Verhaften Sie diesen Mann, Herr Kollege. Dringend tatverdächtig im Mordfall Engelbrecht. Hier ist Ihr Spielzimmer und da will ich nicht stören. Sie werden schon was finden, was Sie ihm anhängen können, außer dem vagen Tipp eines Hühnerauges.«

Er nickte mir zu und schüttelte mir die Hand. Dann fixierte er seinen Kollegen. Sein Gesicht erstarrte zu Stein.

»Aber wagen Sie es nicht, im Fall Paulussen, Betzenberg oder Myllendonck herumzupfuschen«, warnte er Wittgenstein. »Denn diese Fälle sind mir übertragen worden. Und nicht Ihrem dämlichen Hühnerauge.«

Vor dem hünenhaften Kommissar mit dem Pickel im Gesicht musste ich auf der Hut sein. Natürlich hatte er momentan zu wenig in der Hand, um mich festzunageln, aber er sah so aus, als würde er sich sofort daran machen, Hammer und Nägel zu besorgen. Das war die Schattenseite der kleinen fachlichen Differenz der beiden Polizeibeamten: Wittgenstein wollte mich hängen sehen, egal, ob ich schuldig war oder nicht. Er wollte es Nowottni zeigen.

Das Gute daran war, dass der alles tun würde, einen anderen Schuldigen zu finden. Wenn ich hinter Gitter wanderte, dann konnte er sich seine über alles geliebten chinesischen Weisheiten an den Hut stecken.

Nachdem wieder Ruhe im Treppenhaus eingekehrt war, hatte ich das Bedürfnis nach Entspannung. Zum Laufen hatte ich keine Lust mehr, denn mir war klar geworden, dass ich die Strapazen nur wegen Amanda auf mich genommen hatte. Inzwischen wusste ich, dass sie nicht auf sportliche, toughe Typen stand. Dass sie sie für Langweiler hielt.

Den Nachmittag verbrachte ich damit, Amanda zu vergessen. Ich kippte zwei Grappa, sah mir zwei Kindersendungen an und die Übertragung eines Tennismatchs, das mit seinem gleichförmigen Hin und Her meditative Qualitäten entfaltete. Dann, ohne Vorwarnung, erschien sie urplötzlich auf dem Bildschirm.

»Und nach der Werbung begrüße ich hier bei uns Dr. Amanda Schweikert-Jüngling!«, verkündete Elli Trappmann, Moderatorin von *Ihre dunkle Seite*. »Bleiben Sie dran!«

Amanda sah spitzenmäßig aus. Sie trug ein langes, dunkelgrünes Kleid, das erst unterhalb der Achselhöhlen anfing. Die Trappmann stellte sie als Therapeutin vor und langjährige Grenzgängerin zwischen Psychologie und Kriminalistik.

»Und nach der Werbung erfahren Sie, wie sich Dr. Schweikert-Jüngling mit einem dreifachen Kinderschänder traf und ihn interviewte, lange bevor die Polizei ihm auf die Spur kam.«

Ich trank noch einen Grappa.

Amanda war auf harte Fälle spezialisiert. Sie hatte mit Serientätern gearbeitet, krankhaften Telefonerpressern, Lüstlingen, pädophilen Priestern und Schlitzern. Die

Öffentlichkeit, die vor den Bildschirmen saß, wollte alles genau wissen. Je grausamer, desto besser. Die blutigen Einzelheiten wurden in Spielsequenzen nachgestellt. Währenddessen gab die Expertin aus dem Off zu bedenken, dass man auch diese Menschen verstehen müsse.

»Wie sie bei einem Treffen mit dem berüchtigten westfälischen Bleigießer selbst in Lebensgefahr geriet, das erfahren Sie nach der Werbung.«

Amanda wirkte souverän und kompetent. Ihre ruhige, klare Stimme hob sich vom blutigen Sensations-Getümmel des Privatfernsehens ab. Die nachgestellten Szenen nahmen kein Ende, dass man denken konnte, blutrünstige Psychopathen seien nicht nur das Thema, sondern auch die Zielgruppe der Sendung.

Amanda sprach sachlich und gefasst, aber sie war nicht unbeteiligt. Hinter der kühlen Fassade schien sie aufgewühlt und emotional, dabei hatte ich sie nicht als den Typ eingeschätzt, der Lampenfieber hatte.

Während sie über ihre Psychopathen dozierte, sah ich plötzlich Adi Betzenberg vor mir, das glühende Licht in der Dunkelheit, mit einem Strick um den Hals, und Amanda, die sich nackt an ihn presste.

Da begriff ich, was mit ihr los war: Diese Horrorgeschichten machten sie an! Psychische Abnormitäten, Perversion und Gewalt erregten sie.

Endlich war ich auf die Lösung des Rätsels Amanda gestoßen. Jetzt wusste ich, wie ich bei ihr landen konnte.

26

»Damit wäre der Mädchenkiller wieder im Spiel«, sinnierte Nowottni.

Wir standen weit genug am Rand der Trauergemeinde, um reden zu können, ohne die Andacht zu stören. Der Kommissar war mir lieber als Rainer Tisch, der einen immerzu zum Mitbeten drängte.

»Ich dachte, es ist nicht Ihr Fall.«

Nowottni wiegte den Kopf hin und her. »Ich sag ja nur. Schon seit letztem Jahr haben wir ein Problem mit einem Serientäter. In dieser Geschichte könnte er immerhin zwei Tote übernehmen.«

Der Sommer hatte seit gestern Nacht eine Pause eingelegt. Es war kühl und nieselte. Die Zeit der schweißtreibenden Beerdigungen schien vorbei zu sein.

Seit ich wusste, welches Spiel Nowottni spielte, verursachte seine Anwesenheit bei mir kein Unbehagen mehr. Im Gegenteil, ich fühlte mich sicher. Er war wie ein Beschützer, der mir den Spürhund namens Wittgenstein vom Leib hielt.

»Ihr Kollege hat sich in den Kopf gesetzt, dass ich Frau Engelbrecht getötet habe«, beklagte ich mich.

Der Kommissar grunzte verächtlich. »Was der sich so alles in den Kopf gesetzt hat. Zum Beispiel, mich auszubooten. Unserem Vorgesetzten hat er nahe gelegt, mich zu versetzen. Als Hausdetektiv in einem buddhistischen Kloster, meint er, sei ich besser aufgehoben.«

Verglichen mit den anderen war der Priester diesmal ein Missgriff. Ein knochiger alter Mann, der einen übel gelaunten Eindruck machte und die Psalmen, die von den saftigen, grünen Wiesen des Jenseits kündeten, ohne jede Begeisterung herunterlas, als sei er da drüben schon an jedem Ort gewesen und habe feststellen müssen, dass sie alle fest in der Hand des Massentourismus waren.

»Übrigens Ihr Kollege, Herr Tisch«, fing Nowottni wieder an. »Der war doch nach dem tragischen Tod Ihres Chefs plötzlich abgetaucht.«

»Er hatte sich krankgemeldet.«

»Krankgemeldet.« Der Kommissar wischte einen Regentropfen von seiner Nasenspitze. »Ich habe ihn zu seiner Krankheit befragt. Wissen Sie, was ihm gefehlt hat?«

Ich zuckte mit den Schultern.

»Nichts, hat er gesagt. Jedenfalls nichts Medizinisches. Die Sache war komplizierter. Spiritueller.«

»Hat er gebetet?«

Der Kommissar rückte näher. »Ach, Sie sind also im Bilde! Wissen Sie, ehrlich gesagt, habe ich nicht kapiert, was er meinte. ›Erst der Mord an Frau Paulussen‹, hat er gesagt, ›und jetzt der an Adi. Wissen Sie, wie viele Nächte mich das kostet, den Gebetspegel aus dem roten Bereich zu bekommen?‹ Was hat er nur damit gemeint?«

»Vermutlich, dass er einige Sonderschichten einlegen musste.«

Der übel gelaunte Priester hatte sein Murmeln unterbrochen und warf uns einen vorwurfsvollen Blick zu. Wir verstummten und er murmelte weiter.

Die kleine Gemeinde antwortete so leise, dass ihr Murmeln vom Nieselregen übertönt wurde.

Tina Engelbrechts Beerdigung war die erste traurige Beerdigung, die ich erlebte.

Dabei traf ich später, nachdem sie vorbei war, sogar noch einen Bekannten, besser gesagt, ein bekanntes Gesicht.

Ich kannte es vom Klofenster, das meiner Wohnung direkt gegenüberlag. Ab und zu war er mir außerdem im Treppenhaus begegnet.

»Entschuldigen Sie, aber Sie sind doch Tinas Nachbar?«

Vor etwa einem halben Jahr war er Tinas Liebhaber gewesen, hatte folgsam seine Schuhe ausgezogen, wenn er die Wohnung betrat und ihr beim morgendlichen Toast mit fettreduziertem Käse Gesellschaft geleistet. Ein kleiner, intellektuell wirkender Mann mit schütterem Haar und einer dicken Brille. Für die wenigen Wochen, die er Tina besucht hatte, fand ich seine Treue bemerkenswert.

»Nach meinem Gefühl ist es nicht lange her«, sagte er traurig. »Es kommt mir vor, als sei es erst ein paar Tage her, dass ich das letzte Mal in ihrer Wohnung war.«

»Wir können es alle noch nicht so recht fassen«, sagte ich, da mir nichts anderes einfiel. Es war einfach die gebräuchlichste Trauerfloskel, soweit ich das mit meiner inzwischen reichlichen Erfahrung beurteilen konnte.

»Tina hatte eine schöne Wohnung«, schwärmte der Mann. »Immer tipptopp aufgeräumt. Und die Raumaufteilung war traumhaft.«

»Es tut mir Leid für Sie«, sagte ich und wandte mich zum Gehen.

Aber er hielt meinen Arm fest. »Deswegen möchte ich Sie fragen als Hausbewohner: Wissen Sie zufällig, ob die Wohnung schon vergeben ist? Und an wen ich mich bei Interesse wenden kann?«

Ich gab ihm die Nummer der Immobilien-Firma. Dann ließ ich ihn stehen.

Inzwischen war es zwei Uhr nachmittags. Ich hatte es eilig, nach Hause zu kommen und die Klamotten zu wechseln, denn da, wo ich hin wollte, konnte ich nicht im Trauerfummel aufkreuzen.

Aber ich kam nicht einmal um die Friedhofskapelle herum auf die andere Seite, wo ich mein Fahrrad geparkt hatte. Ein Mountainbike stellte sich mir in den Weg. Ich erkannte es wieder, schließlich war ich schon zweimal darüber gestolpert.

Freya Struck trug eine schwarze Lederjacke. Ihre Haarborsten hatten sich aufgestellt und die Strähnchen sahen aus wie traurige Blütenreste in einem Kaktus. Ihre Fingernägel schimmerten schwarz, als habe sie in einem der Gräber gestöbert.

»Du hast Adi umgebracht«, zischte sie.

Überrumpelt, wie ich war, begann ich zu schwitzen.

»So ein Blödsinn!«, lachte ich schrill. »Wie kommst du darauf?«

Wieso und woher sie das wusste, war gleichgültig. Tatsache war, dass sie mich durchschaute. Es pochte in meinen Schläfen, während ich fieberhaft nach einem Schlupfloch suchte. Ich wollte vor der Gefahr weglaufen, aber inzwischen wusste ich, dass es noch andere Möglichkeiten gab als einfach abzuhauen.

Freya lebte gefährlich. Mir fiel auf, dass sie auf einen Fahrradhelm verzichtete. Viele fanden so ein Ding überflüssig, aber auf einem Mountainbike mit fast dreißig Gängen musste man diese Form der Eitelkeit fahrlässig nennen. Wie schnell konnte ihr bei der enormen Geschwindigkeit etwas zustoßen ...

Freya grinste säuerlich. »Ich weiß, dass du das Schwein umgebracht hast«, sagte sie in einem plötzlich vertraulichen Tonfall. »Penny und ich – wir waren wie Schwestern.«

»Du – bist ihre Schwester?«

»*Wie* Schwestern. Sie war meine beste Freundin. Ich wollte dir nur sagen, das hätte ich dir nicht zugetraut. Fand ich cool, ehrlich! Hatte dich eher für die Sorte Schlappschwanz mit nichts dahinter gehalten. Du weißt schon, weiche Schale, weicher Kern.«

»Das Schwein?«, fragte ich.

»Ja. Der Mann hat sich an Penny vergriffen. Sie musste alle möglichen Sachen machen. Und dann, als sie sich weigerte ...«

»Wie hast du das herausbekommen?«

»Ich hab mich an ihn rangeschmissen. Und du hast ihn erledigt.«

Sie stieß sich mit dem Fuß ab und trat in die Pedale. »Also dann«, Freya winkte mir kurz zu. »Von mir erfährt keiner was.«

Bevor ich mich wieder gefangen hatte und zurückwinken konnte, war sie schon verschwunden.

Es war beruhigend zu erleben, dass die Wirklichkeit hin und wieder von dem abwich, was man aus Filmen schon kannte. Tatsächlich hatte Freya bei *ViMo* angefangen, um den Mörder ihrer besten Freundin zur Strecke zu bringen. Aber weil sie nicht so genial war wie ihre Filmvorlage, hatte sie knapp daneben getippt.

Ich fühlte mich geschmeichelt.

Zu Hause nahm ich eine ausgiebige Dusche, benutzte ausgiebig Eau de Toilette und zwängte ich mich in meine

Jogginguniform. Da es immer noch nieselte, ließ ich das Rad stehen und fuhr mit dem Bus.

Ich klingelte mehrmals, bis sich die Sprechanlage meldete.

»Ja?«

»Hier ist Benno. Benno Schumm.«

»Ja und?«

»Schon vergessen? Wir hatten einen Termin verabredet. Ab heute beginnt meine Therapie.«

Amanda betätigte den Knopf. Der Türöffner surrte.

27

Mit Amanda begann eine schöne Zeit. Vielleicht die schönste in meinem Leben.

Frau Dr. Schweikert-Jüngling konnte ich alles sagen, meine Schwächen und meine geheimen Wünsche. All das, was vor der Welt zu verbergen mich in meiner Existenz bisher die meiste Kraft gekostet hatte.

Über meine Schwitzerei wollte sie jede Kleinigkeit wissen. Keinen Tropfen von dieser verhassten Flüssigkeit wollte sie verpassen. Einzelheiten, die selbst mir unwichtig erschienen. Alles über das Mädchen, dessen Fahrradschlüssel ich gefunden hatte. Welche Haarfarbe hatte sie? Trug sie ein Brille? Erinnerte sie mich an meine Mutter? Und hatte die Form des Schweißtropfens auf ihrem Rock möglicherweise Ähnlichkeit mit einem männlichen oder weiblichen Geschlechtsteil?

Weiter: Hatte ich Gewaltphantasien, wenn ich an meinen Sportlehrer dachte? Konnte es sein, dass ich mir in der Rolle des Ausgestoßenen, des Verschmähten gefiel?

Ich schilderte ihr meine Jugendträume vom Samariter-Supermann und Amanda klärte mich darüber auf, dass Adi Betzenberg, der meinen Stiefvater repräsentiere, deshalb meinen Hass auf sich gezogen habe, weil er versucht habe, mir mein Idol zu stehlen, das wiederum in sehr anschaulicher Form Sexualphantasien transportiert habe, die sich eigentlich auf meine Mutter gerichtet hätten.

Bei ihr schien die Welt auf dem Kopf zu stehen. Krankes wurde gesund, Abnormales normal. Alles war möglich. Für Leute wie mich eine einzigartige Chance. Endlich befand ich mich auf einem Terrain, auf dem mir jeder so genannte Normale haushoch unterlegen war.

Und es kam noch besser. Nicht nur, dass meine endlosen Selbstgespräche endlich eine geneigte Zuhörerin fanden. Die peinlichen Einzelheiten meiner armseligen Existenz machten sie an.

Also gab ich mein Bestes. Ich legte mich richtig ins Zeug, gab hier und da sogar eine Lächerlichkeit dazu oder erhöhte um eine Peinlichkeit, damit auch Amanda auf ihre Kosten kam. Ich berichtete davon, dass mein Sportlehrer nicht nur seine Häme, sondern auch ein Auge auf mich geworfen und mich schließlich in der stinkenden Schultoilette in eine Ecke gezerrt habe. Meine Mutter habe mich angeblich dazu gedrängt, Priesterkleidung zu tragen, weil sie sich eigentlich eine Tochter wünschte.

Eins kam zum anderen, ich verlor ein wenig das Maß. Und das war ein Fehler.

Aber die Schweikert-Jüngling sprang darauf an. Allmählich bekam ich von der Couch aus einen Blick dafür, für welche Geschichten sie besonders empfänglich war. Wenn ich ausmalte, wie Tina Engelbrecht mich im Treppenhaus beim Masturbieren ertappt hatte oder dass Penny, bevor ich sie an jenem Abend auf dem Balkon erwürgte, unmittelbar vor ihrem Ableben kam, sah ich, wie sie sich mit der Zunge die Lippen entlang fuhr.

Amanda ist eine ungewöhnliche Therapeutin. Sie hält nichts von den üblichen Distanz-Regeln zwischen Therapeut und Klient. Abends trafen wir uns oft in ihrer Stammkneipe oder machten ausgedehnte Spaziergänge im Grüngürtel, um den therapeutischen Prozess zu reflektieren. Oft kam ich erst dann mit schmutzigen Details heraus, die ich selbst in der sorgfältig geschützten Therapiesitzung nicht über die Lippen gebracht hatte.

»Willst du darüber reden?«, drängte sie heiser, während sie neben mir auf einer Bank saß.

»Ich ... kann nicht«, stotterte ich schwitzend.

Dann spürte ich, wie sie näher rückte. Ihr Bein berührte meins und ihre Hand strich über meinen schweißtriefenden Arm.

»Versuch es«, hauchte sie. »Es ist schwer. Aber es bringt dich weiter.«

»Also ich ...« Ich schluckte schwer. »Damals, als ich Penny – du weißt schon ... Ich habe noch andere Frauen beobachtet. Ich habe gesehen, wie sie es taten ... Und ich wollte sie umbringen, eine nach der anderen ...«

»Davor oder danach?«

Amanda würde nicht mehr lange brauchen. Noch gab es zwischen uns zu nicht mehr als gelegentliche, scheinbar zufällige Berührungen. Aber ich konnte genau spüren, wie es in ihr brodelte.

Es gab noch eine andere Kneipe, in der ich hin und wieder einen Abend zubrachte. Nowottnis Stammlokal, das genau auf meinem Weg von der täglichen Therapie nach Hause lag. Beim ersten Mal traf ich den Kommissar zufällig, als er mir beinahe unter das unbeleuchtete Fahrrad geriet. Danach tranken wir ein Bier zusammen und redeten über dies und das.

»Haben Sie eigentlich von Ihrem Bruder gehört?«, fragte er einmal.

Ich schüttelte den Kopf. »Er dreht seinen Film in Südamerika.«

»Das ja wohl nicht.«

»Nicht?«

Ich erntete einen skeptischen Blick.

»Sehen Sie denn nicht fern?«

Momentan kam ich tatsächlich kaum dazu.

»Und diese Zeitungen mit den großen Buchstaben?«,

erkundigte er sich. »Schälen Sie nie Kartoffeln? Essen Sie nie Fisch?«

Ich musste passen.

Nowottni legte mir die Hand auf die Schulter. »Dann seien Sie tapfer. Ihr Bruder ist nie beim Dreh angekommen. Vorher wurde er nämlich von Aufständischen verschleppt.«

»Aufständische?«

»Schon mal vom *Leuchtenden Pfad* gehört?«

»Im Fernsehen lief mal was darüber.«

Nowottni sog den Schaum von seinem Bier und kaute ihn genüsslich. »Die Medien haben da eine Story draus gemacht, wie üblich, ohne sich drum zu kümmern, ob sie Hand oder Fuß hat. Inzwischen geht man jedoch davon aus, dass die Schreiben Fälschungen sind.«

»Also ist Henning nicht entführt?«

»Vielleicht nicht. Jedenfalls kommen die Briefe aus Europa.«

»Tja, wie wäre es denn mit der ETA oder FIFA?«, schlug ich vor.

»Sie meinen die IRA.«

»Genau die.«

»Höchstwahrscheinlich ist er gar nicht abgeflogen. Er ist schlicht und einfach verschwunden.«

»Vielen Dank für Ihre Anteilnahme«, sagte ich und prostete ihm zu. »Aber damit scheidet er als Frank Myllendoncks Mörder ja wohl aus.«

Natürlich erzählte ich die Geschichte mit Henning auch Amanda. Ich gab mir Mühe, sie spannend zu gestalten, und ließ mir Zeit zum Ausschmücken.

»Bei dieser Kindheit und dem darauf folgenden Lebenslauf«, erklärte sie kühl, »ist es ganz normal, dass sich solche oder ähnlich gestaltete Rachephantasien auf Geschwister richten.«

»Wieso Phantasien?«, widersprach ich. Offenbar hatte sie mir nicht genau zugehört. »So ist es wirklich passiert.«

»Es ist eine so genannte realisierte Phantasie«, erklärte sie mir geduldig. »Das heißt, dass es für dich keinen Unterschied gibt. Du hast dich so hineingesteigert, dass all das für dich wirklich passiert ist.«

Ich regte mich auf. »So ein Blödsinn!«

»Ich hatte mal einen Klienten«, sagte sie, »der führte ein Doppelleben. Personen, Schauplätze, Ereignisse. Sie waren peinlich genau sortiert und kamen sich nie in die Quere. In seiner anderen Existenz war der Mann von Außerirdischen entführt worden. Er wusste den genauen Zeitpunkt und den Ort, wo es passiert war. Sogar angebliche Schaulustige, die seine Freilassung bezeugen konnten, benannte er. Und alles stimmte. Es war täuschend echt.«

»Täuschend?«

»Natürlich hatte er alles erfunden. Aber äußerlich passten seine Daten exakt, so dass es äußerst schwer war, ihm nachzuweisen, dass das Doppelleben nur in seinem Kopf existierte. So verschaffte er seiner Person eine Wichtigkeit. Er wollte seine Umwelt dazu zwingen, ihn wahrzunehmen.«

»Verstehe«, sagte ich.

Wahrscheinlich hatte ich es mir selbst zu verdanken und meinen kühnen Übertreibungen. Aber an diesem Abend kam mir zum ersten Mal der Verdacht, dass auch Amanda zu den Leuten gehörte, die mich nicht ernst nahmen.

Im Grunde beging sie den gleichen Fehler wie Henning.

Das Schöne an den Treffen mit Nowottni war, dass wir uns nicht duzten. Das Sie zwischen Polizist und Verdächtigem gab unserem Verhältnis etwas Vertrautes, Ehrliches.

»Endlich kommen wir im Fall Paulussen-Betzenberg-Myllendonck zu einem Ergebnis«, sagte er.

»Sie werden also jemanden verhaften?«

»Schon passiert.«

»Und wen, wenn man fragen darf?«

»Ihren Kollegen, Herrn Tisch.« Nowottni hob sein Glas. »Gratulieren Sie mir. Und sich selbst. Wittgenstein kann Sie jetzt nicht mehr ins Bein beißen.«

Ich hatte wirklich Grund zur Erleichterung. Aber mir fiel kein Stein vom Herzen, sondern es rollte einer darauf. Eine heißkalte Welle Enttäuschung und Schuldbewusstsein überflutete mich.

»Aber wieso denn ihn!«, wehrte ich mich, als sei ich der Verhaftete. »Ich kenne Tisch! Ich meine, wie sollte einer wie er ...«

»Ganz einfach. Es muss einer aus Ihrer Werbeagentur sein«, beharrte Nowottni stolz. »Hier laufen alle Fäden zusammen. Tja, und Tisch ist sozusagen der einzige Überlebende der Firma. Mit Ausnahme der beiden alten Damen, die wir zwar überprüft haben, aber ...«

»Und mir«, verbesserte ich ihn.

»Sie sind nur Praktikant. Außerdem gekündigt. Weiter: Tisch ist religiös und betet. Der moralische Lebenswandel von Penny muss ihm mächtig in die Parade gefahren sein. Sie hatte ein Verhältnis mit Betzenberg, von dem Tisch wusste. Genauso wie von Betzenbergs Verhältnis mit Amanda.«

»Trotzdem. Er war's nicht.«

Nowottni grinste, amüsiert und angetan davon, wie ich mich für einen Kollegen verwandte. »Aber er hat gestanden«, sagte er. »Er hat dafür gebetet, dass die Unmoral ein Ende hat. Und jetzt sind sie tot.«

»Und das glauben Sie ihm?«

»Natürlich nicht die Kraft des Gebetes. Er wird schon auf seine Weise nachgeholfen haben. Wir sind dabei, das zu prüfen.«

»Aber was ist mit den anderen Verdächtigen? Sie selbst haben gesagt, dass ...«

»Auch für einen Polizisten kommt der Moment, da er sich für eine Möglichkeit unter mehreren entscheiden muss.«

Allmählich ging mir sein vernünftiges Getue auf die Nerven. »Aber, Herr Kommissar, sehen Sie sich den Mann doch nur genau an, dann ...«

»Die Angst des Hasen«, zitierte er weise, »ist der Mut des Fuchses. Ein chinesisches Sprichwort.« Er lächelte chinesisch. »Also kämen beide als Täter in Frage.«

»Ich kannte mal einen Hasen«, sagte ich, »der mutig war. Aber der war nur aus Stoff.«

28

Nowottni hatte mir mit der Nachricht von Tischs Verhaftung eine Freude machen wollen. Aber sie traf mich wie ein Schock.

Mein Gewissen, das die ganze Zeit mehr oder weniger untätig zugeschaut und gute Miene zum bösen Spiel gemacht hatte, meldete sich auf einmal zu Wort. Anstatt nachts zu schlafen, sah ich Rainer, den man abführte, einen eisernen Rosenkranz um den Hals. Er strangulierte sich fast selbst, als er versuchte, auf mich zu deuten, aber die Polizisten zerrrten ihn brutal weiter zu einem Schafott. Tischs Geschrei gellte mir in den Ohren, lange nachdem ich aufgewacht war.

Damals fiel ein erster Schatten über die unbeschwerte Zeit meiner Therapie. Ich konnte nicht sagen, was dahinter steckte, aber ich fühlte vage, dass die sonnigen Tage gezählt waren.

Gewissheit hatte ich erst, als Amanda meine Therapiestunde einmal unterbrach, um Tisch in der Haftanstalt anzurufen. Sie sprach mit gedämpfter Stimme.

»Halt die Ohren steif! Ich werde dich da schon rausholen«, war alles, was ich verstehen konnte. Ihre Stimme klang nicht nur nett. Sie war schmeichelnd und samtweich. Höchste Zeit, etwas zu unternehmen.

Ich hatte keine Ahnung, welches Mitbringsel angebracht ist, wenn man jemanden in der Untersuchungshaft besucht. Blumen, frisches Obst oder einen geladenen Revolver? Schließlich ging ich in die Kirche, die der Bushaltestelle gegenüberlag, und erwarb ein frommes Büchlein vom Schriftenstand.

Auf dem Weg zum Besucherraum kam mir Frau Hoppenkamps entgegen, die Tisch einen Kuchen überreicht hatte. »Der arme Kerl«, jammerte sie. »Er will doch auch mal was anderes als nur Wasser und Brot.«

»Sie glauben also, er ist unschuldig?«

»Das nicht. Aber er ist ein gläubiger Mann. Und so etwas gibt es heutzutage nur noch selten.«

Als langjähriger Fernsehzuschauer wusste ich, dass es kaum begehrtere Menschen gibt als überführte Mörder. Nimmt man die Anzahl der täglich eintreffenden Liebesbriefe und Heiratsangebote als Maßstab, dann rangieren sie direkt hinter Popmusikern und noch vor Filmstars. Tisch saß erst ein paar Tage, aber er hatte schon einen Groupie: Frau Hoppenkamps.

Ich traf den Häftling in einem für die Umstände recht komfortablen Raum. Es gab Vorhänge vor den Fenstern, eine Vase auf dem Tisch und einen Beamten auf einem Stuhl in der Ecke.

Rainer Tisch machte sich gerade über seinen Marmorkuchen her. Als er mich sah, schnitt er ein weiteres Stück ab und bot es mir an. »Greif zu!«

Ich schüttelte den Kopf. »Tut mir Leid für dich«, sagte ich mitfühlend.

»Schon okay.«

»Wenn du irgendetwas brauchst ...«

Rainer Tisch wirkte nicht gerade am Boden zerstört. In amerikanischen Knastfilmen habe ich schon eine Menge Häftlinge erlebt, bösartige, tollkühne und arme Teufel. Schwächliche, ausgemergelte Gestalten, die auf den Tag warten, an dem sie in die Todeszelle geführt werden.

Dieser hier bekam kein Wort heraus, aber nicht aus Angst vor dem elektrischen Stuhl, sondern weil er sich zu viel Marmorkuchen in den Mund gestopft hatte.

»Was ich nicht kapiere«, sagte ich, »ist, wieso du dich unschuldig einbuchten lässt.«

»Unschuldig?«

»Du warst es doch nicht.«

»Woher willst du das wissen?«

»Ich weiß es. So sicher, als wäre ich selbst der Mörder.«

»Du?« Er lachte eine Weile in sich hinein.

Ich wurde allmählich wütend, denn so wie er lachte, sah ich Amanda über mich lachen. Während sie Rainer anhimmelte. So ähnlich musste sich Frank Myllendonck gefühlt haben, als er endlich begriff, dass sie Adis krankhafte Würgernummer seiner Normalität vorzog.

»Ich könnte dir in allen Einzelheiten erzählen, wie ich die Taten begangen habe. Kannst du das etwa auch?«

Rainer lächelte sein überlegenes Lächeln, an dem alle Sektenmitglieder auf der Welt einander erkennen.

»Wozu sollte ich das können? Ich habe darum gebetet«, verkündete er stolz.

»Dass man dich verhaftet?«

»Nein. Dass diese Personen veschwinden.«

Der Polizist in der Ecke schaute kurz von seinem Kreuzworträtsel auf, aber er schien unser Gespräch nicht zu belauschen. Kuchenkrümel auf seiner Hose kündeten davon, dass Tisch ihn schon auf seine Seite gezogen hatte.

»Aber warum?«, beharrte ich. »Ich meine, warum mussten sie sterben? Was haben dir diese Leute getan?«

Er überlegte einen Moment, dann antwortete er mit einer Gegenfrage. »Hast du dich schon einmal gefragt, wieso du hier auf dieser Welt bist?«

»Ich weiß nicht, was das damit zu tun haben sollte.«

»Nun, ich will darauf hinaus, dass jeder seine Bestimmung hat. Das macht den Sinn seines Lebens aus.«

»Ja, und?«

»Moralische Verderbtheit, Perversion und platte Vergnügungssucht. Das sind die drei Todsünden der heutigen Zeit.« Tisch schleckte seinen Finger ab und hielt ihn dann warnend hoch. Seine Stimme wurde feierlich.

»Penelope Paulussen. Adrian Betzenberg. Frank Myllendonck. Sie sind die Bannerträger. Die Todsünden in fleischlicher Gestalt. Ich hatte den Auftrag, sie zu bekämpfen. Also frage nicht, was sie mir getan haben. Bete lieber.«

»Ja, ja.«

»Frage nicht, was Er für dich tun kann!«, deklamierte Rainer Tisch. »Frage lieber, was du für Ihn tun kannst.«

»Man kann niemanden durch Gebete töten«, widersprach ich mit müder Stimme.

»Er kann es. Zweifelst du daran?«

»Darauf kannst du wetten.«

»Gut und schön. Nur stört Ihn das nicht im Geringsten.«

»Rainer, du weißt, das ist Schwachsinn! Du brauchst dringend Hilfe, ich meine ...«

Tisch war mir überlegen. Ich konnte ihn nicht einmal beleidigen.

»Ich werde für dich beten«, beendete er mild, aber bestimmt unsere Meinungsverschiedenheit.

»Verschone mich damit.«

»Dann bete du für mich, Benno. Wirst du das tun?«

Ich stand auf. Es war zwecklos. Ich wollte mir dieses Affentheater nicht weiter anhören.

»Wie schon gesagt, ich habe es nicht mit dem Beten.«

Er lächelte.

»Das sagen die meisten. Und dann haben sie doch irgendwann schon einmal zum Herrn gesprochen.«

29

Rainer konnte nichts dafür. Die ständige Beterei hatte sein Gehirn vernebelt und seinem Verstand einen dauerhaften Knacks verpasst. Er war zu bedauern.

Aber trotzdem konnte er mir nicht einfach Amanda wegnehmen.

»Du meinst also, ich hätte das alles erfunden?«, begann ich unsere nächste Therapiesitzung

»Nicht erfunden«, korrigierte sie mich. »Für dich ist es real. Wie oft soll ich dir das noch erklären?«

»Und die anderen Morde?«

»Das gilt auch für die anderen – Morde.«

Die amüsierte Ironie, mit der sie dieses Wort in den Mund nahm, trieb mir die Zornesröte ins Gesicht. Es war der gleiche Tonfall, mit dem westliche Demokraten über einen afrikanischen Diktator reden, der sich als Präsident bezeichnet. Wie kam diese Frau dazu, zu entscheiden, was geschehen war und was ich nur geträumt hatte?

»Du willst damit sagen, das alles ist in Wirklichkeit nie passiert.«

Sie atmete genervt ein. »Na schön, wenn du es unbedingt so ausdrücken willst, ja.«

»Davon, dass ich das will, kann ja wohl keine Rede sein.«

Amanda war das Einzige, das mir noch blieb. Die Einzige, die mich vor einer öden Existenz vor dem Fernseher bewahren konnte. Ich war nicht bereit, sie kampflos aufzugeben.

Trotzdem hatte ich verloren, noch bevor ich überhaupt angefangen hatte. So sehr ich mir auch den Kopf zerbrach, Rainer Tisch war kein Haar zu krümmen. Die Ironie des Schicksals hatte es so gefügt, dass ausgerechnet er für mich unerreichbar war.

Wütend sprang ich auf, dass die Couch ein ängstliches Quietschen von sich gab.

»Ich weiß, was eigentlich dahinter steckt.«

»Und das wäre?«

»Tisch. Du hast ihn im Gefängnis besucht.«

»Ist das etwa verboten? Er ist einer meiner Klienten.«

»Wenn du mich fragst: Das ist ein religiöser Spinner.«

»Warum sollte ich dich fragen? Du hast keine Ahnung. Tisch leidet an einer interessanten und höchst seltenen Krankheit.«

»Aber er ist kein Mörder!«, beharrte ich. Ich konnte nicht dulden, dass ich die Lorbeeren gesammelt hatte und jetzt kam dieser Betmeister und räumte sie alle für sich ab.

»Wenn du diese Morde begangen hast, wieso bist du dann hier und sitzt nicht in Haft, wie Tisch?«

»Weil sie sich geirrt haben. So etwas kommt vor.«

»Allerdings. Nur bei dir nicht, Benno. Alle anderen haben sich geirrt, nur du nicht.«

Ich hatte keine Lust mehr. Für sie war ich ein simpler Aufschneider und damit gehörte ich zum Typ Langweiler. Oder Arsch. Jedenfalls nicht ihr Typ. So schnell hatte sich diese Therapeutin ihre Meinung über einen Menschen wie mich gebildet. Wie sehr ich mich auch anstrengte, mit dem interessanten und höchst seltenen psychischen Knacks eines Rainer Tisch konnte ich nicht mithalten.

»Du hast mich von Anfang an nicht ernst genommen.«

»Ich habe dich ernst genommen«, widersprach sie arrogant. »Aber einen Klienten ernst nehmen, um ihm zu helfen, das kann ja wohl nicht heißen, seine Wahnvorstellungen zu teilen.«

30

Das war's. Damit war das Kapitel Amanda für mich abgeschlossen.

Gestern habe ich ihr brieflich mitgeteilt, dass ich die Therapie abbreche.

Allerdings wird die Sache für die Therapeutin noch ein kleines Nachspiel haben.

Heute Morgen erst bekam sie einen Anruf. Eine heisere und doch aalglatte Stimme meldete sich. Amanda kannte den Mann nicht, aber noch bevor sie ihm eine Minute zugehört hatte, musste ihr klar sein, dass es sich um den mysteriösen und von der Polizei schon seit langem erfolglos gejagten Serienkiller handelte. Ein Monstrum, eiskalt und skrupellos. Er hat es ausschließlich auf junge Frauen abgesehen, die häufig ihre Liebhaber wechseln. Nicht dass er etwas gegen sie hätte. Er handelt unter einem Zwang, gegen den er absolut machtlos ist. Er treibt ihn dazu, seine Opfer grausam zu quälen, um darin seine abartige sexuelle Erfüllung zu finden.

Dr. Schweikert-Jüngling weiß sehr wohl, dass sie sich auf gefährlich dünnes Eis begibt. Sie müsste die Polizei einschalten. Das ist nicht nur ihre Pflicht, sondern auch eine unbedingte Vorsichtsmaßnahme. Sich auf den Killer einzulassen, bedeutet für sie ein unkalkulierbares Risiko.

Dennoch kann sie nicht widerstehen. Noch während sie der öligen Stimme aus dem Hörer lauscht, spürt sie ein Kribbeln im Unterleib. Sie muss das Schwein treffen, koste es, was es wolle.

Am liebsten wäre ihr, wenn das Treffen in ihrer Praxis stattfinden könnte, aber darauf lässt sich der Serienmörder nicht ein. Das Interview wird nach seinen Regeln ablaufen oder gar nicht.

Im nördlichen Industriegebiet, nicht weit von dem Getränkemarkt, in dem Frank Myllendonck sein tragisches Ende fand, gibt es das Lagerhaus eines Innenausstatters, der vor einigen Monaten Pleite gemacht hat. Da das Gebäude asbestverseucht ist, soll es abgerissen werden.

Letzte Woche hat man damit angefangen. Eine Hauswand ist schon weg, das Dach abgetragen und die breiten Treppen sind nur noch Ruinen. Aber es gibt noch zwei Stockwerke.

Frau Dr. Schweikert-Jüngling wird übermorgen gegen einundzwanzig Uhr dreißig im ersten Stock des Abbruchhauses auf den Killer warten. Sie kann eine Taschenlampe mitbringen, Block und Bleistift, sogar einen Kassettenrekorder, wenn sie will. Aber wenn sie nicht allein kommt, dann wird sie niemanden antreffen.

Amanda hat nicht sofort zugesagt. Sie hat sich die Gefahr durchaus klargemacht. Ein menschenleeres Industriegebiet, die Ruine, eine baufällige Treppe ohne Geländer ...

Sie ist sich bewusst, dass sie mit ihrem Leben spielt. Und gerade deshalb wird sie da sein.

Als sie ihr ›Also gut‹ in den Hörer flüstert, klingt ihre Stimme nicht so gleichgültig, wie sie eigentlich sollte. Sie klingt nicht einmal professionell. Nur lüstern.

Epilog

Es gibt Leute, die wollen sich nicht anpassen. Aus ihnen werden unbeugsame Revolutionäre, geniale Querdenker oder unbequeme Neinsager.

Dann gibt es solche, die das nicht können. Bei ihnen reicht es nicht einmal zum müden Durchschnitt. Leute, die sich als Kind an Stoffhasen und barmherzigen Samaritern orientierten. Leute wie ich.

Mein Halbbruder Henning gehörte zu denen, die sich gern anpassen. Die begriffen haben, dass man nur dann hochkommt, wenn man nicht aneckt. Wenn du Karriere machen willst, Prediger, hat er einmal gesagt, dann musst du sein wie ein Zäpfchen: weich, körperwarm und glitschig. Wenn du das schaffst, dann kann dir die Schwerkraft nichts mehr anhaben.

Auf Henning habe ich viel zu lange gehört. Dabei können seine Ratschläge nur Typen wie ihm etwas nützen. Typen, die zum Haifisch geboren sind. Ich dagegen halte mich an eine von Nowottnis klugen Lebensweisheiten: Wenn du ein kleiner Fisch bist und unter Haifischen überleben willst, dann sorge für ein möglichst unappetitliches Äußeres.

Inzwischen habe ich mich daran gewöhnt, gelegentlich von den Leuten vom Kabelfernsehen mit den grünlichen Gesichtern zu träumen, die sich am Waschbecken übergeben. Ich finde, der Traum übertreibt stark, und besonders was meine verwesenden Überreste angeht, ist er geradezu effekthascherisch. Außerdem widersprüchlich. So wie ich am Tag meiner Auffindung aussehe, muss ich mindestens einen Monat tot sein. Jedermann weiß aber, dass die Telekom nicht lange fackelt, wenn eine Rechnung aussteht. Zwei, drei Tage vielleicht, aber dann steht sie vor der Tür und will ihre Kabel zurückhaben.

Der Traum ist außerdem dumm. Denn ich weiß inzwischen, dass ich überleben kann, wenn ich will. Ich muss es allein schaffen, aber nachdem ich in die Welt der tollen Typen hineingeschnuppert habe, bin ich mir gar nicht mehr sicher, etwas zu verpassen.

Freya Struck, die ich ab und zu treffe, hat sich in den Kopf gesetzt, mich zu verkuppeln. Sie findet es ungesund, dass ich jeden Abend allein vor der Glotze verbringe und dass der Abend schon nachmittags um vier anfängt. Mein Einwand, dass ich es schon einmal mit einer Therapie versucht habe, lässt sie nicht gelten. Schon das zweite Mal will sie mich zu einem Single-Urlaub mit Animation auf Mallorca überreden.

»Eigentlich bist du ein ganz attraktiver Mensch«, redet sie mir ein. Sie selbst scheint davon nicht unbedingt überzeugt zu sein, denn sie hütet sich davor, mir einen gemeinsamen Urlaub vorzuschlagen.

»Wozu?«, will ich wissen. »Sag mir wenigstens, was ich davon habe.«

»Etwas erleben«, schwärmt sie, als rede sie von der Suche nach dem Heiligen Gral. »Abenteuer, Spaß und Sensationen. Wenn du den Kick nicht spürst, dann weißt du nicht, dass du lebst.«

Freya tut eine Menge, um den Kick zu spüren. Sie prügelt sich bei Länderspielen mit besoffenen Fußballfans, springt, an einem Gummiseil befestigt, von Brücken und besucht SM-Partys. Dabei ist sie nicht imstande, mir zu sagen, worin denn nun dieser Kick besteht.

Ich finde, Freya ist nicht zu beneiden. Ebenso wenig wie die beneidenswerten Leute aus der Werbewelt.

Sie sind eher zu bedauern. Sie leben in einer Zeit, in der, wenn man sie mit einem durchschnittlichen Fernsehprogramm vergleicht, sich nicht zu leben lohnt. Der

Kick – das ist ihr Lieblingswort. Sie sind heiß auf Sensationen. Und die Medien sind voll davon. Trotzdem sind sie die erste Generation, die ohne Sensationen aufwächst. Sie glauben, sie erfunden zu haben, dabei haben sie sie ausgerottet. Ihre Sensationen sind wie knallharte Actionfilme, die zum dritten oder vierten Mal wiederholt werden. Und der Kick ist wie umschalten. Er ist wie eine Zuckung, die ein klinisch Toter macht, wenn er mit Elektroschocks reanimiert wird.

Mir ist klar geworden, dass die Arbeit bei *Visions & Moments* mich nicht ausfüllt. Also habe ich gekündigt. Meine Entlassung durch den seligen Betzenberg war nämlich rückgängig gemacht worden, nachdem Rainer Tisch die Firma übernommen hatte.

Tischs U-Haft dauerte nur eineinhalb Wochen. Nowottni hatte außer vagen Mutmaßungen nichts in der Hand. Und mit seinen eigenen Bezichtigungen, die täglich theologischer wurden, konnte Tisch niemanden so richtig überzeugen.

Also kehrte er wohl oder übel ins Leben zurück und suchte sich eine neue Mannschaft für *Visions & Moments*. Mit einer inhaltlichen Schwerpunktverlagerung, die er mit dem neuen Namen *Power & Prayer* ausdrückte, fand er Zugriff auf einen anderen, klerikalen Kundenstamm.

Ich habe Rainer zufällig auf Amandas Beerdigung getroffen. Es ging ihm gut. Seinen kleinen, psychischen Defekt scheint er im Griff zu haben und damit muss man ihn als normal bezeichnen.

Hin und wieder treffen wir uns. Ein Mal besuche ich ihn auf ein paar Rosenkränze und ein anderes Mal kommt er zu mir und wir sehen uns eine Talkshow an. Ab und zu ist auch Frau Bönisch mit von der Partie, die inzwischen Vize-Meisterin bei den Landes-Betmeisterschaften in Passau geworden ist.

Einmal in der Woche treffe ich Nowottni in unserer Stammkneipe. Diesen Abend liebe ich besonders. Der Kommissar erzählt mir von seiner Zeit in Tibet und den philosophischen Studien, die er zu dem Zwecke betrieben hat, die Absurdität des gesamten abendländischen Denkansatzes zu beweisen, indem er ihn mit der konfuzianischen Mystik wie in einem Prisma brach. Sein ehrgeiziges Vorhaben scheiterte damals an Wittgenstein. Der überredete ihn nämlich, zur Kripo zu gehen.

»Keine gute Entscheidung«, meint der Kommissar. »Denn hier stieß ich auf eines der unberührtesten Reservate der radikal mechanistischen Logik.«

Nowottni sucht immer noch nach dem Mörder, allerdings mit seiner besonderen, philosophischen Methode.

»Ein Löwe, der Gras frisst«, sagt er, »ist der Schrecken der Antilope.«

»Lassen Sie mich raten: ein chinesisches Sprichwort?«

Er schüttelt den Kopf: »Sprichwort ja. Aber eins der Massai. Es lässt uns fragen: Wo kommen wir hin, wenn wir immer nach dem Motiv fragen? Wer profitiert vom Tod des Ermordeten?«

»Und wer?«

»Dass der Löwe der Täter ist, ist klar. Aber wer profitiert davon, dass er Antilopen frisst? Antwort: die anderen Antilopen. Die haben nämlich ein Maul weniger zu stopfen.«

Auf die Idee, in einer Talkshow aufzutreten, kam ich, nachdem ich eine Sendung gesehen hatte über Talkshow-Gäste und ihre Verdienstmöglichkeiten.

Elli Trappmann, die Moderatorin von *Ihre dunkle Seite* gab mir bei meinem ersten Vorgespräch eine Reihe guter Tipps mit auf den Weg.

»Wenn du deine Geschichte nicht sofort ganz erzählst«, sagte sie, »sondern Stück für Stück und unter wechselnden thematischen Aspekten, dann kannst du daraus einen regelmäßigen Verdienst machen.«

»Ich dachte, Sie wollten die Wahrheit hören.« Seit meinem Ausscheiden bei *ViMo* habe ich mir grundsätzlich abgewöhnt, Leute zu duzen.

»Das schon«, meinte die Trappmann. »Nichts anderes als das. Aber heutzutage gibt es viele Wahrheiten. Täglich werden es mehr. Weltweit gibt es einen massenhaften Bedarf an Wahrheiten. Und du, mein Guter, profitierst davon, dass sie so hoch im Kurs stehen.«

So kam ich ins Fernsehen. Ich war zu Gast in *Sag mir dein Geheimnis* zum Thema *Menschen, die behaupten, Morde begangen zu haben*. Zwei Wochen später ging es um *Menschen, die von wirklich geschehenen Verbrechen träumen*. Ich malte Elli Trappmann detailliert aus, wie es ist, durch Mordphantasien sexuell erregt zu werden.

Und sie fragte mich nach meinen Beweggründen aus.

Nun, ich habe diese Taten nicht für mich begangen. Ich handelte stellvertretend für alle grauen Mäuse, alle Unansehnlichen, die Flaschen aller Mannschaften auf diesem Planeten. Das habe ich auch Nowottni gesagt.

Ihn habe ich übrigens auch gefragt, was er vom perfekten Mord hält, als reinem Gedankenspiel. Ich wollte seine Meinung als Fachmann, denn ich hatte vor, in einer Sendung zu diesem Thema aufzutreten.

»Im Grunde kein Problem«, sagte der Kommissar, was mich sehr wunderte. »Du musst nur drauf achten, dass dich keiner kennt.«

Das kann ich nur bestätigen.

Mehr und mehr misst man mir in den Fernsehstudios einen Expertenstatus zu. So wurde ich in einer Sendung über unaufgeklärte Mordfälle über Techniken befragt, Selbstmorde vorzutäuschen, Beweismittel zu vernichten und Spuren zu verwischen.

Leider ist es kein Job wie jeder andere. Er ist langatmiger und nervtötender. Immer wieder auf- und abschminken. Endlose Abende in gestylten Sitzgruppen mit unentwegt quasselnden Moderatorinnen zubringen, deren Altersdurchschnitt inzwischen auf siebzehn gesunken ist. Abende, die ich eigentlich mit ein oder zwei Grappa vor dem Bildschirm verbringen wollte.

Zum Glück gibt es nicht nur die Fernsehleute und du

lernst ab und zu auch interessante Menschen kennen. Kollegen. Studiogäste, die wie ich durch die Abende tingeln, wo sie ihre schlimmen und herzzerreißenden Geschichten mit immer neuen und überraschenden Wendungen zum Besten geben. Entführungen, Morde, Sodomie, Grabschänderei und Kurzsichtigkeit. Wir sind die Märchenerzähler von heute, die den von Geschmacklosigkeiten überfütterten Menschen die Geschichten liefern, die ihr eintöniges Leben interessanter erscheinen lassen. Einige von ihnen triffst du immer wieder, besonders wenn es eine thematische Nähe gibt.

Auf diese Weise lernte ich letzte Woche erst den mysteriösen Frauenmörder kennen, den man inzwischen wieder freilassen musste. Man konnte ihm die Taten nicht nachweisen. Übrigens behauptet er, alles, was er über Serienkiller weiß, aus einem Thriller zu haben, der auf dem Sender gelaufen ist, der ihn jetzt mit seiner Geschichte auftreten lässt. »Zum Beispiel die Sache mit dem persönlichen Gegenstand. Nach der Tat musst du unbedingt etwas aus dem Besitz des Opfers mitgehen lassen, einen Schuh oder einen Slip. Da wäre ich von selbst nie drauf gekommen. Aber wenn du das nicht weißt, hast du keine Chance. Die Polizei hält die Sache für eine Einzeltat.«

Offenbar hat er Nowottni noch nicht kennen gelernt.

Außerdem traf ich einen Geistlichen, der seinen Schäfchen das Jenseits nicht nur verspricht, sondern sein Versprechen auch hält. Weiter den berüchtigten Flüsterer, der Hausfrauen mit schweinischen Sachen am Telefon belästigt. Nicht zu vergessen Manni, eine tolle Frau, die einmal ein Mann war, aber mit beiden Geschlechtern nicht zufrieden ist. Sie will die Ärzte gerichtlich dazu zwingen, ihr ein drittes Geschlecht zu verschaffen.

Für demnächst plane ich, eine wirkliche Party zu geben. Ich werde meine Kollegen einladen und natürlich die Moderatorin von *Ihre dunkle Seite*, der wir alle eine Menge verdanken.

Elli Trappmann hat Recht. Das Gute an der heutigen Zeit ist, dass du die schonungslose Wahrheit erzählen kannst und keiner dir wirklich glaubt.

Das heißt nicht, dass dir das keiner abkauft. Wenn es nur ins Programm passt, dann kannst du richtig absahnen.

Krimis von Christoph Güsken

Bis dann, Schnüffler
ISBN 3-89425-063-1 DM 14,80
Der erste Kittel&Voß-Krimi
»Güsken hat ein feines Gehör für Dialoge« (Gig)
»...flott geschrieben und nimmt nicht nur die esoterischen Geschäftemacher witzig auf die Schippe.« (ekz-Informationsdienst)
»Die Unbekümmertheit, mit der Güsken seine Miniatur-Bogarts durch den Kleinstadtmief prügelt, macht beim Lesen schlicht und einfach Spaß.« (Listen)

Schaumschlägers Ende
ISBN 3-89425-074-7 DM 14,80
Der zweite Kittel&Voß-Krimi
»Autor Christoph Güsken ... hat einen Fall nach geradezu klassischem Strickmuster geschaffen, der ganz nebenbei die Welt des Fernsehens trefflich karikiert und dessen Negativfigur, der eitle Held einer Pastoren-Serie, für den zeitgemäßen Pfiff sorgt.« (Westfälische Nachrichten)
»Kittel ... umgeben kleine Leute statt 'großer Tiere', provinzieller Mief statt weltläufiger Kriminalität, Witz statt Sarkasmus. Er darf gefühlsbetont, schwach und ängstlich sein, mächtig danebenlangen und immer wieder auf die Nase fallen. Das macht ihn so schön alltäglich und sympathisch.« (Nordkurier)
»Mit Wortwitz läßt der Autor seinen Helden des Chaos' von einer Panne in die nächste stolpern.« (Münstersche Zeitung)

Mörder haben keine Flügel
ISBN 3-89425-211-1 DM 14,80
Der dritte Kittel&Voß-Krimi
Ein Toter, zerquetscht von einem Musikinstrument, ein Schiff in Seenot, ein Chaos verbreitender Jazzpianist und ein prominenter Verfechter für Minderheiten: wieder hat Güskens Held Bernie Kittel von der Detektei Kittel & Voss einen Fall zu lösen, der ihn nicht reich und seinen Partner Henk Voss unglücklich macht.

Spiel's nicht noch mal, Henk
ISBN 3-89425-215-4 DM 14,80
Der vierte Kittel&Voß-Krimi
Kittel sieht seine große Liebe wieder, macht Bekanntschaft mit einem mineralischen Unterhosendesigner und wird erst durch ein tiefgekühltes Hähnchen auf den Boden der Tatsachen zurückgeholt.

Crime Ladies

Dorothee Becker
Mord verjährt nicht
ISBN 3-89425-056-9
Warum verschwand Theo de la Cour? Veronika Wenger macht sich auf die Suche nach dem Verschollenen und lernt die verschiedenen Mitglieder einer zweifelhaften Familie kennen.

Dorothee Becker
Der rankende Tod
ISBN 3-89425-040-2
Was trieb den lebenslustigen Clemens in den Tod? Die junge Witwe Veronika Wenger ahnt nicht, daß sie selbst in Lebensgefahr schwebt.

Annette Jäckel
Talk
ISBN 3-89425-202-2
»Ich würde aus Eifersucht töten!« sagt Clara, die »Frau für alle Fälle« vor laufender Kamera. Dumm gelaufen: Ihre beste Freundin Michelle ist kurze Zeit später tot.

Agnes Kottmann
Tote streiken nicht
ISBN 3-89425-052-6
Eine junge und unbeschwerte Gewerkschafterin wird von einemTriebtäter verfolgt.

Heike Lischewski/Stefanie Berg
Bananensplit
ISBN 3-89425-206-5
Als Kind mißbraucht - jetzt wird das Opfer zur Täterin.

Beate Sauer
Der Heilige in deiner Mitte
ISBN 3-89425-220-0
Veit Kadamczik, raumgreifender Theologieprofessor, ist tot. Und das nach einem heftigen exegetischen Streit mit der feministischen Theologin Verena Carsten. O-Ton Kommissarin: »Ich habe eine Abneigung gegen lebende Priester und konnte mir nicht vorstellen, daß mir ein toter wesentlich sympathischer sein sollte.«

Ursula Steck
Alles im Fluss
ISBN 3-89425-219-7
Ein toter Junge treibt in den Fluten des Rheins - vor den Augen der Taxifahrerin Toni Walter. Als ihre Freundin Nora überfallen wird, ist es mit Tonis Phlegma endgültig vorbei. Was hat es mit der Mailbox auf sich, die Nora betreute?